喚醒你的英文語感！

Get a Feel for English !

喚醒你的英文語感！

Get a Feel for English !

王復國

理解式文法

Understanding English Grammar

形容詞與副詞篇

作者序

「知其然亦知其所以然」的文法學習新體驗

大多數的人對英文文法都有兩種誤解。其一是以爲英文文法就是一大堆教條式的規定；其二是認定文法規則是硬性的限制，毫無道理可言。其實任何語言的文法都只是文法學家依母語人士使用語言的方式所歸納出來的一些規律。文法的原始目的並不在於「限制」語言的使用方式，而在於「提醒」正確的使用方向。換句話說，是先有語言，後有文法，而不是先文法、後語言。至於認爲文法沒有道理，則不外有兩個原因：一、因爲與自己的母語有差異；二、因爲搞不懂那些規則。當知一個語言的運作有一定的規律，必須在一個完整、合理的系統下才可能被使用者「共同」使用，做有效的溝通。因此，在所謂的文法規則背後基本上都會有一定的邏輯。很不幸地，不論是教英文的人或是學英文的人都缺乏這些認識，結果是教的教不好，學的學不會，雙方互相抱怨，你怪我，我怪你，最後就殃及了無辜的文法。

　　不過，雖然英文文法本身很無辜，但是英文文法書的優劣卻關係著學習成果的好壞。坊間的文法書可說是五花八門、琳瑯滿目。有用中文寫的，有用英文寫的；有的厚厚一大本，有的薄薄一小冊。但不論是哪一種都有一個共同的缺點：只列規則，不做解說。只有極少數的文法書試圖針對某些文法規則做出說明，可惜卻常過度簡化，甚至有避重就輕之嫌。當然，坊間也偶爾看得到一些相當具學術水準之文法書，不過其深奧程度並非一般學習者所需，而且其中之專業術語多艱澀難懂，這類書具研究價值卻不實用。

　　「理解式文法系列」叢書恰好能解決以上這些問題。首先，為了不讓讀者看到一大本文法書而倍感壓力，我們特別做了分冊處理。從最重要、最令人頭痛的動詞開始，依次針對名詞與代名詞、形容詞與副詞，以及介系詞、連接詞與冠詞做各別分析探討，並以難度較高的文法與修辭做為結尾。如此，不但可以幫助學習者將各種文法難題各個擊破，提高學習的成就感，而且可以按部就班，全面性地掌握英文文法的精髓。本系列文法書的用字淺顯，條理分明；筆者刻意將文法術語的數量減至最低，並將每一條重要的文法規則都做了最詳細、合理的說明；書中例句的內容也盡量符合一般的日常生活經驗。本系列書最大的目的就是讓讀者「了解」英文文法，希望能幫助讀者達到「知其然亦知其所以然」的境界，最終能夠把「死」的文法自然而然地「活」用於英文中，不再老是擔心犯錯誤。

　　筆者執教二十餘年，屢屢被學生問及何時可將教學內容集結成書。由於多年來一直忙於教學、翻譯、編審等工作，始終沒有太多餘力從事寫作。最近機緣巧合，剛好有了空檔，於是下定決心開始動筆。筆者秉持文法是要被理解而不是用死記的這個原則，盡所能將各種文法規則做詳盡合理的解釋說明。希望本系列能夠對本地及各地以中文為母語的人士在英語學習的過程中有所助益！

C o n t e n t s

第 **3** 章

形容詞的排列順序

第 **4** 章

形容詞的比較

第二部分─副詞

第1章 副詞的種類

第 4 章　　易混淆及須注意的副詞

副詞片語

副詞子句

形容詞

Adjectives

> **前言**
>
> # 形容詞用得愈精確，就能讓句子愈達意！

1. 何謂形容詞？

　　形容詞的英文是 adjective，由字首 ad- (to)、字根 -ject- (throw) 與字尾 -ive (tending to) 組合而成，意思是 a word thrown next to a noun，也就是說，形容詞乃加諸於名詞之詞也。換成一般的說法即，形容詞指的是必須緊跟名詞並用來修飾名詞的詞類，而所謂的「修飾」(modify) 則包含 limiting、identifying、quantifying、qualifying、specifying、describing 等功能，意即，形容詞主要用來表示一個名詞的指稱、數量、性質及特性等。有了形容詞的「加油添醋」，一個名詞就更能明確地表達出它所指涉的人、事、物為何。注意，由於代名詞可用來代替名詞而其功能基本上等同於名詞，因此有時英文的形容詞也被用來修飾代名詞。

2. 形容詞的重要性

　　雖然在本系列文法書的第一、二冊中我們提到，在英文五大句型中最基本的元素是動詞和名詞，但是我們必須了解動詞與名詞只組成了英文句子的基本架構，若要使一個句子生動、活潑，則必須倚賴形容詞。比如，假設有個人從來沒到過台北而希望我介紹一下這個城市，於是我跟他／她說：Well, Taipei is a city.（嗯，台北是一個都市。），對方不以為我是神經病，也會認為我太沒有誠意，因為說「台北是一個都市」等於是說了一句廢話。但是如果我說：Taipei is a big city.（台北是一個大都市。），相信對方對台北就會有一個基本的認識。而如果我說：Taipei is a big busy city.（台北是一個繁忙的大都市。），對方肯定能進一步了解台北可能的狀況。如果我說：Taipei is a big beautiful busy city.（台北是一個美麗、繁忙的大都市。），對方甚至可以想像出台北繁華的景象。* 由此看來，我們可以這麼說：形容詞猶如名詞的化妝師，專門為名詞「打理門面」，形容詞用得愈精確就能讓句子愈達意。

　　在本書的形容詞部分，我們將依序討論形容詞的種類、形容詞的功能與位置、形容詞的排列順序、形容詞的比較、形容詞的特殊用法、形容詞片語以及形容詞子句。另外，在本書的第二部分，我們將討論副詞。我們之所以將副詞與形容詞置於同一冊書中，理由是：副詞與形容詞相同都具有「修飾」的功能。形容詞主要用來修飾名詞，副詞則主要用來修飾動詞。如果說名詞和動

詞是英文的枝幹，那形容詞和副詞就是英文的花葉。

　　與本系列文法書前兩冊相同，本書除了將傳統文法的精華保留下來之外，在比較難懂的地方（如形容詞片語和形容詞子句）都特別加入了一般文法書沒有的分析說明，提供讀者一個不強調死記而著重理解的一個新的學習方式。

---

[*] 嚴格講，以上各句中所使用的不定冠詞也是形容詞的一種。（詳見本書第 1 章。）

第 1 章

形容詞的種類

形容詞可分為「限定形容詞」(limiting adjective) 和「性狀形容詞」(qualifying adjective) 兩大類。我們先看限定形容詞。

1 限定形容詞

限定形容詞即一般所謂的「限定詞」(determiner)，主要用來表示名詞的指稱或數量。限定形容詞包括：

A. 定冠詞 (definite article) 和不定冠詞 (indefinite article)

定冠詞 the；不定冠詞 a / an。請看例句：

a. Terry is a student.

（泰瑞是個學生。）

b. He never listens to the teacher.

（他從不聽老師的話。）

B. 指示形容詞 (demonstrative adjective)

單數 this 和 that；複數 these 和 those。請看例句：

c. This restaurant is not good.

（這家餐廳不好。）

d. I prefer those cafés.

（我比較喜歡那些咖啡廳。）

C. 所有形容詞 (possessive adjective)

如 my、your、his、her、our、their、its 及 John's、Mr. Smith's 等。請看例句：

e. My car is cheap.

（我的車子很便宜。）

f. John's cars are all very expensive.

（約翰的車子都很貴。）

D. 疑問形容詞 (interrogative adjective) 與關係形容詞 (relative adjective)

包括 which、what、whose。請看例句：

g. Which bicycle is yours?

（哪一輛腳踏車是你的？）

h. I have given you what money I had.

（我已經把我所有的錢都給你了。）

i. He is the one whose bicycle was stolen.

（他就是那個腳踏車被偷的人。）

E. 數字形容詞 (numeral adjective)

基 數 (cardinal number) 如 one、two、three、ten、twenty-five、one hundred、three thousand、six million 等；序數 (ordinal number) 如 first、second、third、tenth、twenty-fifth、one hundredth、three thousandth、six millionth 等。請看例句：

j. He owns three houses.

（他擁有三棟房子。）

k. Leo was the first person to arrive.[註1]

（李歐是第一個到達的人。）

F. 數量詞 (quantifier)

如 all、many、much、a lot of、(a) few、(a) little、some、any、each、every、most、both、either、neither、no 等。[註2] 請看例句：

l. I don't have much time.

（我沒有很多時間。）

m. Most people like to travel.

（大多數的人都喜歡旅行。）

由於使用限定形容詞的目的主要是要表達名詞的指稱與數量，因此在使用它們時應注意被「限定」之名詞為特定或不特

定、可數或不可數，以及數或量的問題。請看以下例句：

n. He is <u>the man</u> we want.（特定）

（他就是我們要的人。）

o. We want to hire <u>some workers</u>.（不特定）

（我們想雇用幾個工人。）

p. <u>Her sons</u> have all grown up.（可數）

（她的兒子都已經長大了。）

q. <u>Her hair</u> has turned gray.（不可數）

（她的頭髮已經變得斑白。）

r. <u>These people</u> are very friendly.（複數）

（這些人非常友善。）

s. There is <u>little time</u> left.（少量）

（剩下沒多少時間了。）

接下來，我們討論性狀形容詞。

2 性狀形容詞

性狀形容詞用來描述人、事、物的性質或狀態，包括：

A. 記述形容詞 (descriptive adjective)

大多數形容詞都屬這一類形容詞，例如：large、small、tall、short、old、young、beautiful、smart、honest、hungry、dirty、dangerous、useful、easy、fast、valuable、noisy、strong、cruel、dead、proud、confident、sunny、dark 等等。

B. 專有形容詞 (proper adjective)

由專有名詞轉變而來的形容詞稱為專有形容詞，例如：

China   →   Chinese
Japan   →   Japanese
America   →   American
Canada   →   Canadian
England   →   English
France   →   French
Germany   →   German
Spain   →   Spanish
Italy   →   Italian
Russia   →   Russian

C. 物質形容詞 (material adjective)

物質形容詞指由物質名詞直接轉用的形容詞，例如：

an iron bridge「一座鐵橋」

a gold watch「一只金錶」

a silver ring「一枚銀戒指」

a water bed「一張水床」

an air bag「一個氣囊」

a stone wall「一片石牆」

a paper cup「一個紙杯」

a tea pot「一個茶壺」

a coffee table「一張咖啡桌」

an oxygen mask「一個氧氣罩」

注意，英文裡還有一類與物質相關的形容詞是經由物質名詞變化而來的，例如：

gold   →   golden「金色的；貴重的」

wood   →   wooden「木製的；死板的」

water   →   watery「水分多的；淡的」

air   →   airy「空氣的；通風的；空洞的」

sand   →   sandy「沙質的；多沙的」

salt   →   salty「含鹽的；鹹的」

oil   →   oily「油質的；油膩的」

smoke →   smoky「冒煙的；煙霧瀰漫的；有煙味的」

meat   →   meaty「多肉的；內容豐富的」

glass   →   glassy「似玻璃的；光滑透明的」

一般而言，由物質名詞直接轉用的形容詞表達的是被修飾之名詞的「材質」，而經由字尾變化的物質形容詞則較接近記述形容詞。試比較：

a <u>gold</u> watch（一只金錶）

與

a <u>golden</u> opportunity（一個大好的機會）

另外，比方我們可以說：

t. This soup is very <u>watery</u>.

（這湯非常淡。）

卻不能說：

u. This soup is very <u>water</u>.（誤）

D. 分詞形容詞 (participial adjective)

分詞形容詞包括現在分詞形容詞，例如：interesting、exciting、boring、disgusting、embarrassing、pleasing、confusing、satisfying、surprising、tiring 等；過去分詞形容詞：interested、excited、bored、disgusted、embarrassed、pleased、confused、satisfied、surprised、tired 等。原則上，現在分詞形

容詞具主動的意涵，過去分詞形容詞則表達被動的概念。^{註3}

試比較下列各句中現在分詞形容詞與過去分詞形容詞的意義與用法。

v. This book is interesting, but I'm not interested.

（這本書很有趣，但是我沒有興趣。）

w. What he did was disgusting, and we all felt disgusted.

（他做的事很噁心，我們都覺得很倒胃口。）

x. The instructions were very confusing; everyone was confused.

（那些指示非常混亂，每個人都被搞糊塗了。）

E. 名詞形容詞 (nominal adjective)

名詞形容詞指的是用來修飾另一名詞而本身原屬名詞的形容詞，^{註4} 例如：

morning news「晨間新聞」

city traffic「都市交通」

office furniture「辦公室家具」

a boy student「一個男學生」

a woman teacher「一位女教師」

a flower pot「一個花盆」

a fruit tree「一棵果樹」

a bird cage「一個鳥籠」
a dinner party「一場晚宴」
a telephone booth「一個電話亭」

傳統上，以上這些由兩個名詞所構成的名詞被稱為複合名詞 (compound nouns)，但是就功能而言，這些所謂複合名詞中的第一個名詞其實都應視為形容詞。試比較：

a <u>good</u> student「一個好學生」
與
a <u>boy</u> student「一個男學生」

在結構上，boy 和 good 相同，都占據了「形容詞」的位置；就功能而言，boy 明顯也與 good 相同，都用來「修飾」其後的名詞 student。而將複合名詞的第一個名詞視為形容詞最重要的理由是，當複合名詞為複數時，只有第二個名詞使用複數形，第一個名詞，即使為可數名詞，亦不可使用複數形。[註5] 例如：「兩個男學生」應說成：

two <u>boy</u> students

而不可說成：

two <u>boys</u> students（誤）

換句話說，在 two boy students 這個名詞片語中，boy 是形容詞而非名詞。注意，英文的形容詞並無複數形：

　　two <u>good</u> students「兩個好學生」

註解

1　序數作形容詞用時須與定冠詞 the 連用，但作副詞時則否，例如 k. 句可改寫成：Leo arrived first。

2　數量詞即為不定代名詞之形容詞用法。不定代名詞之詳細用法請參見本系列文法書第二冊「名詞與代名詞篇」。

3　現在分詞與過去分詞之比較分析請見本系列文法書第一冊「動詞篇」。

4　從這個角度來看，原為物質名詞的形容詞亦可包括在內。

5　只有在前一個名詞為 man 和 woman 時，此規則才不適用，例如：

two <u>men</u> doctors「兩位男醫師」
three <u>women</u> judges「三位女法官」

當然，若一複合名詞的第一個名詞原本就是複數形時，亦不受此限。例如：

a <u>sales</u> clerk / two sales clerks「一／兩個售貨員」
a <u>sports</u> car / three sports cars「一／三輛跑車」
a <u>savings</u> account / four savings accounts「一／四個儲蓄帳戶」

第**2**章

形容詞的功能與位置

形容詞主要有兩大功能：一、修飾名詞；二、作為名詞的補語。修飾名詞時，形容詞通常置於被修飾之名詞前；作為補語時，則出現在不完全不及物動詞之後（主詞補語）或不完全及物動詞的受詞之後（受詞補語）。我們先看第一種情況。

1 直接修飾名詞的形容詞

直接用來修飾名詞的形容詞稱為「屬性形容詞」(attributive adjective)，通常置於名詞之前。例如：

a. The naughty boy was punished.
（那個調皮的男孩被處罰。）

b. He likes expensive cars.
（他喜歡昂貴的車子。）

c. This is an urgent matter.
（這是個緊急事件。）

但是，在下列幾種情況下，形容詞則必須置於被修飾的名詞之後。

A. 形容詞本身為片語形式時

請看例句：

d. A room <u>full of people</u> can be stuffy.

（一個擠滿了人的房間可能會很悶。）

e. He is a man <u>capable of almost everything</u>.

（他是一個幾乎什麼事都會做的人。）

f. She has six children <u>dependent on her</u>.

（她有六個小孩靠她撫養。）

注意，這類片語形式的形容詞有可能為否定式，例如：

g. They mentioned a couple of names <u>not familiar to me</u>.

（他們提了幾個我不熟悉的人名。）

B. 形容詞與表「單位」的字詞連用時

請看例句：

h. A man <u>twenty years old</u> is considered an adult.

（一個二十歲的人被視為成人。）

i. He fell into a well <u>thirty feet deep</u>.

（他跌落一口三十英呎深的井裡。）

注意，這類後置的修飾語 (post-modifier) 也可以移至名詞之前，但是必須用連字號 (hyphen) 連結，而且單位詞不可使用複數形：

j. A <u>twenty-year-old</u> man is considered an adult.

k. He fell into a <u>thirty-feet-deep</u> well.

C. 數字形容詞具「指定」功能時

例如：

Act one, Scene two「第一幕，第二景」
Chapter six, paragraph three「第六章，第三段」
World War Two (II)「第二次世界大戰」

但是，如果使用序數作為形容詞，序數則須置於名詞之前，且必須與定冠詞 the 連用：

<u>the</u> First Act, <u>the</u> Second Scene
<u>the</u> fifth chapter, <u>the</u> third paragraph
<u>the</u> Second World War

D. 形容詞之修飾對象為不定複合代名詞時

所謂不定複合代名詞 (indefinite compound pronoun) 指的是 something、everything、anything、nothing、somebody、everybody、anybody、nobody、someone、everyone、anyone 等字。請看例句：

l. As usual, there's nothing new in the news.

（一如往常，新聞裡並沒有什麼新鮮事。）

m. She plans to marry somebody rich.

（她打算嫁個有錢人。）

n. Anyone interested is welcome.

（任何有興趣的人都歡迎。）

E. 固定之特殊用法

有些形容詞保留了古體或是因為受到法文的影響，必須置於名詞之後。[註1] 例如：

God Almighty「全能的上帝」

Amnesty International「國際特赦組織」

a notary public「一位公證人」

a poet laureate「一個桂冠詩人」

the heir apparent「法定繼承人」

the sum total「總額」

accounts payable「應支付帳目」

另外，有些「名詞 + 形容詞」的組合之間則必須使用連字號，例如：

court-martial「軍事法庭」

secretary-general「祕書長」

president-elect「總統當選人」

接下來，我們來看形容詞作為名詞補語的情況。

2 作為名詞之補語的形容詞

形容詞可以作主詞補語 (subject complement) 或受詞補語 (object complement)，而具補語功能的形容詞稱之為「述語形容詞」(predicative adjective)。註2

A. 作主詞補語的形容詞

作為主詞補語的形容詞出現在不完全不及物動詞 (incomplete intransitive verb)，即連綴動詞 (linking verb) 之後。例如：

o. Professor Brown is sick.
（布朗教授生病了。）

p. Jenny looks sad.
（珍妮看起來很悲傷。）

q. Does my pronunciation sound right?
（我的發音聽起來正確嗎？）

B. 作受詞補語的形容詞

作為受詞補語的形容詞出現在不完全及物動詞 (incomplete transitive verb) 的受詞之後。例如：

r. They made the teacher angry.

（他們使得老師生氣。）

s. I consider him honest.

（我認為他是誠實的。）

事實上，大多數形容詞皆兼具屬性形容詞與述語形容詞的功能，意即，既可作修飾語用亦可作補語用。

3 可作修飾語或補語的形容詞

在英文裡為數最多的形容詞是記述形容詞，而絕大部分的記述形容詞都可作修飾語或補語。以 "happy" 這個常見的形容詞為例，它可直接修飾名詞：

t. Anna is a happy girl.

（安娜是個快樂的女孩。）

也可以作主詞補語：

u. Anna seems happy.
（安娜似乎很快樂。）

還可以當受詞補語：

v. We find Anna happy.
（我們覺得安娜很快樂。）

但是，要特別注意，有些形容詞只能用來直接修飾名詞，不可當補語用；相反地，有些形容詞卻只能作補語，而不可以直接修飾名詞。

4 只能直接修飾名詞，不可作補語的形容詞

此類形容詞包括：main、chief、principal、only、mere、very「（強調用）正是」、elder「年長的」、former「在前的」、latter「在後的」、inner「內部的」、outer「外部的」、upper「上面的」、drunken「酒醉的」[註3] 等。以 main 為例，以下句中的用法即為錯誤：

w. This point is <u>main</u>. （誤）
（這一點是主要的。）

我們只能說：

x. This is the main point.

（這就是要點。）

5 只能作補語，而不可直接修飾名詞的形容詞

這類形容詞包括：unable、(un)well「（不）健康的」、content「滿足的」、liable「有責任的；易患⋯⋯的；傾向於⋯⋯的」、subject「受支配的；容易受⋯⋯的；以⋯⋯為條件的」、exempt「（責任、義務等）免除的；豁免的」，以及一些以字母 "a" 起頭的形容詞，如 afraid、alike、alive、alone、asleep、awake、aware 等。以 alike 為例，下句中的用法為錯誤：

y. These are <u>alike</u> problems.（誤）

（這些是相似的問題。）

應改成：

z. These problems are alike.

（這些問題是相似的。）

註解

1 事實上，在拉丁語系的語言裡，如法文、西班牙文和義大利文，大多數的形容詞都出現在名詞之後，例如：

une table <u>carrée</u>「一張方桌」（法文）
una niña <u>guapa</u>「一個漂亮的小女孩」（西班牙文）
un professore <u>simpatico</u>「一位和藹可親的教授」（義大利文）

2 所謂的「述語」(predicate) 指的是一個句子中針對主詞所做的相關陳述，包括動詞及受詞、補語等。例如：

❶ She <u>likes dogs</u>.
（她喜歡狗。）

❷ This flower <u>smells good</u>.
（這朵花聞起來很香。）

❸ He <u>is driving me crazy</u>.
（他快讓我抓狂了。）

3 與 drunken 同源的形容詞 drunk 則可作修飾語與補語：

❶ <u>Drunk driving</u> is illegal in many countries.
（酒駕在許多國家都是違法的。）

❷ Don't drink so much, or you will <u>get drunk</u>.
（不要喝這麼多，否則你會醉。）

第 **3** 章

形容詞的排列順序

　　我們在第 1 章中把形容詞分為限定形容詞與性狀形容詞兩類，原則上若作為名詞修飾語，限定形容詞應置於性狀形容詞之前，即：

限定形容詞	性狀形容詞	名詞

　　然而，由於不論是限定形容詞或是性狀形容詞本身都不只有一種，因此一旦一個名詞受超過一個的限定形容詞或性狀形容詞修飾，就必須注意這些形容詞的排列順序。我們先看限定形容詞的正確排列順序。

1 限定形容詞的排列順序

　　依其前後排列順序，限定形容詞還可細分為前位、中位和後位三種。[註 1]

A. 前位限定形容詞

　　前位限定形容詞必須置於中位與後位限定形容詞之前。前位限定形容詞包括：

● **數量詞 all 與 both**

以及

- 表「倍數」或「部分」的 twice、half 等

B. 中位限定形容詞

中位限定形容詞指必須置於後位限定形容詞之前,而不屬於前位限定形容詞之限定形容詞,包括:

- 定冠詞 the 與不定冠詞 a / an
- 指示形容詞 this、that、these、those
- 所有形容詞 my、your、our、their 等
- 數量詞 some、many、several、every 等

C. 後位限定形容詞

後位限定形容詞必須置於前位與中位限定形容詞之後,包括:

- 數字形容詞之基數與序數

以及

- 表「順序」的 next、last 等

一個名詞可以用一種、兩種或三種限定形容詞來「限定」。如果只使用一種限定形容詞則無所謂的順序問題,如:

both brothers「兩兄弟(都)」(前位限定形容詞)

that man「那個人」（中位限定形容詞）

ten boys「十個男孩」（後位限定形容詞）

但是，如果一個名詞受一種以上限定形容詞的限定，就必須注意這些形容詞的排列順序。例如，使用兩種限定詞時，以下排列即為錯誤：

my twice age「我年齡的兩倍」（誤）

three those apples「那三個蘋果」（誤）

應改為：

twice my age

those three apples

如果一個名詞有三個限定詞，更需要注意它們的排列順序。例如，「所有那三十個人」不可說成：

all thirty those people（誤）

those all thirty people（誤）

those thirty all people（誤）

thirty all those people（誤）

thirty those all people（誤）

而應說：

all those thirty people

接下來，我們討論性狀形容詞的正確排列順序。

2 性狀形容詞的排列順序

用來修飾名詞的性狀形容詞亦有其排列順序。大體而言，**與被修飾之名詞關係愈密切之形容詞愈靠近該名詞，較為一般性的描述則距離被修飾之名詞較遠**。性狀形容詞的排列依序為：表述形容詞 (epithet)、記述形容詞、專有形容詞、物質形容詞、名詞形容詞。

A. 表述形容詞

表述形容詞實屬記述形容詞，用來表達說話者對某人、事、物的感受或評斷，此類形容詞距離被修飾的名詞最遠。表述形容詞包括多數以 - y、- ous、- ful、- ive、- ent 等結尾的記述形容詞，如 funny、happy、famous、delicious、beautiful、wonderful、expensive、active、excellent、different。另外，分詞形容詞，如常見的 interesting、charming、exciting、boring、satisfied、surprised、confused 等等，亦應視為表述形容詞。[註2]

B. 記述形容詞

在表述形容詞之後爲其他記述形容詞。依順序先是表示「大小」的形容詞，如 large、small；其次爲表「形狀」的形容詞，如 round、square；再來是表「新舊」的形容詞，如 new、old；最後是表「顏色」的形容詞，如 red、blue 等。

C. 專有形容詞

專有形容詞，如 Chinese、Japanese、French 等，應置於表「大小」、「形狀」等的記述形容詞之後。[註3]

D. 物質形容詞

物質形容詞，如 gold、silver、aluminum、plastic 等，以及 golden、wooden、woolen 等相關的形容詞須置專有形容詞之後。

E. 名詞形容詞

與被修飾之名詞關係最近的修飾語爲本身原爲名詞（包括動名詞）的名詞形容詞，即，構成複合名詞的前一個名詞。注意，一個複合名詞的前後兩個名詞之間不可再加入任何修飾語；也就是說，名詞形容詞爲最靠近被修飾名詞之形容詞：

college students「大學生」
movie theaters「電影院」

video equipment「錄影設備」
dining tables「餐桌」
running shoes「慢跑鞋」
writing paper「書寫用紙」

其他的修飾語，依前後順序，一律應置於名詞形容詞之前，例如：

promising young college students「有前途的年輕大學生」
famous old movie theaters「有名的古老電影院」
expensive new video equipment「昂貴的新錄影設備」
large round Chinese dining table「大的圓形中國式餐桌」
dirty old brown running shoes「骯髒破舊的咖啡色慢跑鞋」
excellent white Japanese writing paper
「優質的白色日本製書寫用紙」

事實上，一個名詞不應使用過多的性狀形容詞作為修飾，過多的修飾語會使得一個名詞片語顯得冗長、不自然。以下即為一不良範例：

beautiful large round old blue Chinese porcelain flower vases
「又大又美麗的圓形古老藍色的中國瓷器花瓶」

　　這個名詞片語中一共用了八個修飾語，讓人覺得相當累贅，非常不自然。別忘了在性狀形容詞前常常還需要使用限定形容詞；一旦我們把三種限定形容詞全都加上去，整個名詞片語更會顯得冗長不堪，甚至令人覺得不知所云：

all these three beautiful large round old blue Chinese porcelain flower vases
「所有這三個又大又美麗的圓形古老藍色的中國瓷器花瓶」

　　一般而言，性狀形容詞以不超過三個、限定形容詞以不多於兩個為佳，例如：

all these beautiful Chinese porcelain vases
「所有這些美麗的中國瓷器花瓶」

或者：

three beautiful flower vases
「三個美麗的花瓶」

　　最後，我們將本章中所討論的形容詞之排列製成一覽表供讀者參考。

3 形容詞排列順序一覽表

限定形容詞			性狀形容詞					被修飾之名詞
前位限定形容詞	中位限定形容詞	後位限定形容詞	表述形容詞	記述形容詞	專有形容詞	物質形容詞	名詞形容詞	被修飾之名詞

註解

1 此即所謂的「前位限定詞」(predeterminer)、「中位限定詞」(central determiner) 及「後位限定詞」(postdeterminer)。

2 注意,有時會出現一個以上的表述形容詞。若出現兩個表述形容詞時,可用對等連接詞 and 做連結,例如:

beautiful and intelligent「美麗又聰明」

或用逗號作分隔:

beautiful, intelligent「美麗、聰明」

若出現三個(或以上)時,則以下列方式呈現:

beautiful, intelligent(,) and easygoing「美麗、聰明又隨和」

3 一些以 -ic、-ical、-al、-ial 等結尾，用來表示某特殊功能或目的的性狀形容詞亦應置於這個位置。這類形容詞包括：automatic、electric、mechanical、geological「地質的」、conventional「傳統的」、experimental「實驗的」、commercial、industrial 等等。

第 4 章

形容詞的比較

　　形容詞的比較形式共分爲三級：原級 (positive degree)、比較級 (comparative degree)、最高級 (superlative degree)。註1 我們首先討論原級的比較形式。

1 原級比較

　　同等比較 (equal comparison) 時使用形容詞的原級。同等比較可爲肯定同等比較或否定同等比較。

A. 肯定同等比較

　　肯定之同等比較用 as ... as 表達。例如：

a. Bernie is <u>as</u> tall <u>as</u> his brother.
（伯尼和他哥哥一樣高。）

b. Sandy is <u>as</u> intelligent <u>as</u> her sister.
（珊蒂和她姐姐一樣聰明。）

B. 否定同等比較

　　否定之同等比較用 not as ... as 或 not so ... as 表示。例如：

c. Billy is <u>not as / so</u> strong <u>as</u> Bernie.
（比利沒有伯尼那麼強壯。）

d. Susan is <u>not as / so</u> beautiful <u>as</u> Sandy.

（蘇珊沒有珊蒂那麼漂亮。）

注意，so ... as 的結構只能用於否定，而不可用於肯定，因此下列兩句爲錯誤：

a'. Bernie is <u>so</u> tall <u>as</u> his brother.（誤）

（伯尼和他哥哥一樣高。）

b'. Sandy is <u>so</u> intelligent <u>as</u> her sister.（誤）

（珊蒂和她姐姐一樣聰明。）

當然，表達否定概念的字眼不僅限於上面提到的 not，也包括 never、hardly、seldom、rarely、barely、scarcely 等字，故下列兩句亦爲正確：

e. He will <u>never</u> be <u>so</u> good <u>as</u> you.

（他永遠不會和你一樣棒。）

f. I have <u>rarely</u> been <u>so</u> happy <u>as</u> I am today.

（我很少像今天一樣這麼快樂。）

另外，如 a.、b.、c.、d. 四句所示，as ... as 既可用於肯定亦可用於否定。換言之，若將 e.、f. 兩句改成 e'.、f'. 亦爲正確。

e'. He will <u>never</u> be <u>as</u> good <u>as</u> you.

f'. I have <u>rarely</u> been <u>as</u> happy <u>as</u> I am today.

2 比較級比較

比較級比較分兩種：優等比較 (superior comparison) 與劣等比較 (inferior comparison)。我們先看優等比較。

A. 優等比較

優等比較用 more ... than 表達。例如：

g. Nora is <u>more</u> beautiful <u>than</u> her sister.
（諾拉比她姐姐漂亮。）

h. Jimmy is <u>more</u> diligent <u>than</u> his brother.
（吉米比他哥哥用功。）

但是如果形容詞本身是單音節或是以 -y、-ow、-le、-er、-re 結尾的雙音節形容詞時，則在形容詞的字尾加 -er，然後同樣用 than 來引導比較結構中的第二項。[註2] 例如：

i. Mary is tall<u>er</u> than Nora.
（瑪麗比諾拉高。）

j. Johnny is naughti<u>er</u> than Jimmy.
（強尼比吉米頑皮。）

　　在形成單音節形容詞之比較級時，原則上是在字尾加 -er，但必須注意一些拼法上的變化。

● **若字尾為短母音 + 單子音時，必須重複子音字母再加 -er：**

big（大的）　　　→ bigger

hot（熱的）　　　→ hotter

fat（胖的）　　　→ fatter

sad（悲傷的）　　→ sadder

wet（溼的）　　　→ wetter

thin（薄／瘦的）　→ thinner

● **若字尾為 e 時，只須加 r 即可形成比較級：**

brave（勇敢的）　→ braver

large（大的）　　→ larger

nice（好的）　　　→ nicer

wide（寬的）　　→ wider

close（近的）　　→ closer

true（真實的）　　→ truer

● **若字尾為子音 + y 時，將 y 改成 i，再加 -er：**

dry（乾燥的）　　→ drier

wry（歪曲的）　　→ wrier

shy（害羞的）　　→ shier[註3]

sly（狡猾的）　　→ slier[註4]

● **其他拼法的單音節形容詞則直接加 -er：**

great（偉大的）　　→ greater

deep（深的）　　　→ deeper

cool（涼的）　　　→ cooler

poor（貧窮的）　　→ poorer

high（高的）　　　→ higher

strong（強壯的）　→ stronger[註5]

short（短的）　　　→ shorter

thick（厚的）　　　→ thicker

small（小的）　　　→ smaller

kind（仁慈的）　　→ kinder

　　形成雙音節形容詞 -er 形式之比較級時，則須注意下列幾個狀況。

● **若字尾為 le 或 re 時，只須加 r 即可形成比較級：**

simple（簡單的）　→ simpler

noble（高貴的）　　→ nobler

gentle（溫和的）　→ gentler

sincere（誠心的）　→ sincerer

severe（嚴重的）　→ severer

austere（嚴厲的）　→ austerer

● 若字尾為 y 時，須將 y 改成 i，再加 -er：

happy（快樂的）	→ happier
easy（容易的）	→ easier
busy（忙的）	→ busier
lazy（懶惰的）	→ lazier
heavy（重的）	→ heavier
dirty（骯髒的）	→ dirtier
noisy（吵鬧的）	→ noisier
crazy（瘋狂的）	→ crazier
ugly（醜陋的）	→ uglier
early（早的）	→ earlier

● 字尾為 ow 與 er 時則直接加 -er：

narrow（窄的）	→ narrower
shallow（淺的）	→ shallower
hollow（空洞的）	→ hollower
clever（聰明的）	→ cleverer
bitter（苦的）	→ bitterer
tender（柔嫩的）	→ tenderer

● 下列雙音節形容詞可於字尾加 -er 或在其前用 more 形成比較級：註6

quiet（安靜的）	→ quieter / more quiet
common（普通的）	→ commoner / more common

handsome（英俊的）　　→ handsomer / more handsome

stupid（愚蠢的）　　　→ stupider / more stupid

pleasant（愉快的）　　→ pleasanter / more pleasant

　　大多數雙音節形容詞以及三音節與三音節以上形容詞之比較級皆在原級前加 more 形成。

● 以 **-ful**、**-ous**、**-ive**、**-ish**、**-ile**、**-less**、**-ic** 等結尾之雙音節形容詞：

useful（有用的）　　　→ more useful

painful（痛苦的）　　　→ more painful

famous（有名的）　　　→ more famous

anxious（焦急的）　　　→ more anxious

active（活躍的）　　　　→ more active

passive（消極的）　　　→ more passive

foolish（愚笨的）　　　→ more foolish

sluggish（緩慢的）　　→ more sluggish

fertile（肥沃的）　　　→ more fertile

mobile（移動的）　　　→ more mobile

senseless（無意義的）→ more senseless

careless（不小心的）　→ more careless

basic（基本的）　　　　→ more basic

toxic（有毒的）　　　　→ more toxic

● 三音節及三音節以上之形容詞：

important（重要的） → more important

difficult（困難的） → more difficult

terrible（可怕的） → more terrible

dangerous（危險的） → more dangerous

comfortable（舒適的） → more comfortable

responsible（負責的） → more responsible

ridiculous（荒謬的） → more ridiculous

intelligent（智能高的） → more intelligent

satisfactory（令人滿意的） → more satisfactory

enthusiastic（熱心的） → more enthusiastic

最後請注意，由分詞轉變而來的形容詞，不論音節多寡，一律在其前加 more 形成比較級。

● 現在分詞形容詞：

boring（無聊的） → more boring

tiring（累人的） → more tiring

surprising（令人驚訝的） → more surprising

exciting（令人興奮的） → more exciting

embarrassing（令人尷尬的） → more embarrassing

● 過去分詞形容詞：

bored（覺得無聊的）　　　　→ more bored

tired（疲倦的）　　　　　　→ more tired

surprised（吃驚的）　　　　→ more surprised

excited（興奮的）　　　　　→ more excited

embarrassed（覺得尷尬的）　→ more embarrassed

　　以上我們所看到的是形容詞比較級形成之所謂的「規則變化」。事實上，有些形容詞比較級的形成並不能歸類在這些規則之下；也就是說，有些形容詞的比較級屬「不規則變化」。常見的不規則形容詞比較級包括：

good（好的）　　　　　　→ better

bad（壞的）　　　　　　　→ worse

many（許多─可數）　　　→ more

much（許多─不可數）　　→ more

little（少許─不可數）　　→ less 註7

　　另外，還有些形容詞的比較級有規則和不規則兩種，所代表的意義各不相同。例如：

old（老的）　→ older（年齡或新舊）/ elder（兄弟姊妹之長幼）

late（晚的）→ later（時間）/ latter（順序）

far（遠的）→ farther（距離）/ further（程度）註8

B. 劣等比較

劣等比較不論形容詞的音節多寡一律用 less ... than 來表達。例如：

k. Andrew is <u>less</u> strong <u>than</u> Albert.

（安德魯比艾伯特不強壯。）

l. Alice is <u>less</u> friendly <u>than</u> Angela.

（愛麗絲比安琪拉不友善。）

m. Peter is <u>less</u> responsible <u>than</u> Paul.

（彼得比保羅不負責任。）

n. Rita is <u>less</u> enthusiastic <u>than</u> Rose.

（麗塔比蘿絲不熱心。）

在邏輯上 k.、l.、m.、n. 就相當於 k'.、l'.、m'.、n'：

k'. Albert is strong<u>er</u> <u>than</u> Andrew.

（艾伯特比安德魯強壯。）

l'. Angela is friendl<u>ier</u> <u>than</u> Alice.

（安琪拉比愛麗絲友善。）

m'. Paul is <u>more</u> responsible <u>than</u> Peter.

（保羅比彼得負責任。）

n'. Rose is <u>more</u> enthusiastic <u>than</u> Rita.

（蘿絲比麗塔熱心。）

k.、l.、m.、n. 也相當於 k".、l".、m".、n"：

k". Andrew is <u>not as / so</u> strong <u>as</u> Albert.

（安德魯沒有艾伯特強壯。）

l". Alice is <u>not as / so</u> friendly <u>as</u> Angela.

（愛麗絲沒有安琪拉友善。）

m". Peter is <u>not as / so</u> responsible <u>as</u> Paul.

（彼得沒有保羅負責任。）

n". Rita is <u>not as / so</u> enthusiastic <u>as</u> Rose.

（麗塔沒有蘿絲熱心。）

在結束本節的討論之前，針對英文形容詞比較級比較之結構與用法，還有幾點必須特別說明。

● **勿將具比較意涵但不屬於英文之比較結構的詞組與真正的比較結構混淆。**

英文裡有幾個源自拉丁文的形容詞，包括 superior「較優的」、inferior「較劣的」、senior「年長的」、junior「年幼的」等，這些字本身雖然具有比較的意義，但是並非英文的「比較級」，因此若有「比較」的對象，並不由 than 來引導，而必須使用介系詞 to。請看例句：

o. In experience, she is <u>superior / inferior to</u> him.

（在經驗方面，她優 / 劣於他。）

p. He is <u>senior / junior to</u> her by three years.

（他大／小她三歲。）

不過，雖然結構不同，但就意思而言，o. 與 p. 相當於 o'. 與 p'.：

o'. In experience, she is <u>better / worse than</u> him.

p'. He is <u>older / younger than</u> her by three years.

● 比較級形容詞絕不可用 **very** 作為修飾語。

表示程度時，一般原級形容詞可用 very 來修飾，但是比較級形容詞必須用 much 修飾：

q. My house is <u>very small</u>.

（我的房子很小。）

r. My house is <u>much smaller</u> than his.

（我的房子比他的小很多。）

除了用 much 之外，比較級形容詞還可以用 far、even、still、a lot、a little 等或是表倍數的詞語來修飾。[註9] 例如：

s. His house is <u>far bigger</u> than mine.

（他的房子遠比我的大。）

t. His house is <u>five times bigger</u> than mine.

（他的房子比我的大五倍。）

● **比較級形容詞有時可作代名詞用。**

在比較級形容詞之前加上定冠詞 the，可轉作代名詞用。
例如：

u. Luke looks older, but actually he is <u>the younger</u> of the two.

（路克看起來比較老，但是事實上他是兩個當中比較年輕的。）

本句中的 the younger 代替了 the younger one。

3 最高級比較

與比較級形容詞形成的方式相似，若形容詞為單音節或是以 -y、-ow、-le、-er、-re 結尾的雙音節字，最高級以在該字字尾加 -est 表示；[註10] 若形容詞本身為其他雙音節或三音節與三音節以上的字時，則在其前加 most。例如：

big   → biggest

brave   → bravest

dry   → driest
great   → greatest
simple   → simplest
happy   → happiest
narrow   → narrowest
useful   → most useful
active   → most active
basic   → most basic
important → most important
intelligent → most intelligent

　　另外，也與比較級形容詞相同，有些最高級形容詞屬不規則
變化：

good   → best
bad   → worst
many   → most
much   → most
little → least

也有些最高級形容詞有規則與不規則變化兩種：

old   → oldest / eldest
late   → latest / lattest

far → farthest / furthest

一般而言，英文的最高級有兩種表現方式：the most (-est) / least ... of 和 the most (-est) / least ... in。例如：

v. Joey is <u>the</u> tallest / least tall boy <u>of</u> the three.
（喬伊是三個男孩中最高 / 不高的。）

w. Joyce is <u>the</u> most / least active girl <u>in</u> her class.
（喬伊斯是她班上最活躍 / 不活躍的女孩。）

從 v. 句可看出，表同等人事物中之最高級者時，介系詞用 of；從 w. 句則可知，表一群體中之最高級者時，介系詞用 in。

另，注意在使用最高級形容詞時原則上必須在其前加定冠詞 the，但如果最高級形容詞並非用來修飾名詞而是當作補語時，可以省略 the。例如：

x. She is <u>(the) happiest</u> when alone.
（她一個人的時候最快樂。）

最後，與比較級形容詞相同，最高級形容詞也可作代名詞用。例如：

y. His car is <u>the fastest</u> of all.
（他的車是所有車中最快的。）

y. 句中的 the fastest 指的就是 the fastest car。

註解

1 注意，並非所有的形容詞都有比較級和最高級。比如，就邏輯而言，指示形容詞、所有形容詞、疑問形容詞等不可能（也不需要）被拿來做比較。原則上，只有有程度分別的形容詞 (gradable adjectives)，如 high、low、large、small 等，才有比較級和最高級，而這類形容詞絕大部分屬於記述形容詞。

2 但若原來應以 -er 形成比較級的形容詞被拿來做同一人事物之不同性質之比較時，應改以 more 來表示。例如：

Mary is <u>more vain</u> than proud.
（與其說瑪麗驕傲倒不如說她是虛榮。）

3 shy 的比較級也可拼寫成 shyer。

4 sly 的比較級也可拼寫成 slyer。

5 注意，形容詞 strong 加上比較級字尾 -er 之後的發音為 [ˋstrɔŋɚ]。這與動詞 sing 加上表「人」的名詞字尾 -er 之發音方式不同：singer 念成 [ˋsɪŋɚ]，在 [sɪŋ] 之後並不加子音 [g]。類似 stronger 發音的比較級形容詞還包括 longer [ˋlɔŋgɚ] 和 younger [ˋjʌŋgɚ]。

6 現在似乎有越來越多人較偏向使用 more。這個現象也出現在以 -ow、-le、-er、-re 結尾的雙音節形容詞上，例如，說 more shallow 而不說 shallower，或是說 more clever 而不說 cleverer 等。

7 表「可數」的 few 之比較級則為規則變化：fewer。

8 現代英文中 farther 用得漸少，有以 further 取代 farther 的趨勢。

9 倍數詞也可用來修飾同等比較，例如：

His new house is <u>twice as big as</u> his old one.
（他的新房子是舊房子的兩倍大。）

10 與比較級的情況相同（見註解 6），現代英文有將雙音節形容詞（以 -y 結尾者除外）之最高級簡單化皆以 most 形成的現象。

第 **5** 章

形容詞的特殊用法

　　英文的形容詞除了用來修飾名詞外，其實還有兩種特殊的用法：有些形容詞可作名詞用，有些則可作副詞用。我們首先討論形容詞的名詞用法。

1 作為名詞用的形容詞

　　作為名詞用的形容詞必須在其前加定冠詞 the。以下我們分四種狀況來說明這種用法。

A. the + 形容詞 = 複數名詞（指某一群人）

　　常見的例子包括：

the rich = rich people

the poor = poor people

the young = young people

the old = old people

the blind = blind people

the deaf = deaf people

the sick = sick people

the dead = dead people

the English = English people

the French = French people

the Dutch = Dutch people

請看例句：

a. The rich are not necessarily happier than the poor.
（富人不見得比窮人快樂。）

b. The English have always been competing with the French.
（英國人一直以來都在和法國人競爭。）

B. the + 形容詞 = 單數名詞（指某一類事物）

常見的例子包括：

the impossible「不可能的事」
the unthinkable「不可想像的事」
the unmentionable「說不出口的事」
the supernatural「超自然現象」

請看例句：

c. The impossible is now possible.
（不可能的事現在變可能了。）

d. The supernatural is beyond the ken of science.
（超自然現象超越了科學知識的範圍。）

C. the + 形容詞 = 抽象名詞

常見的例子包括：

the beautiful = beauty
the true = truth
the good = goodness
the bad = badness
the false = falsehood

請看例句：

e. I believe in <u>the true</u>, <u>the good</u>, and <u>the beautiful</u>.
（我相信真、善、美。）

D. the + 分詞形容詞

「the + 分詞形容詞」有三種情況：視爲單數名詞、視爲複數名詞，以及可視爲單數或複數名詞。

● 以下「**the + 分詞**」作複數名詞用：

the living = living people
the dying = dying people
the starving = starving people
the missing = missing people
the wounded = wounded people

the injured = injured people

the disabled = disabled people「殘障人士」

the disadvantaged = disadvantaged people「弱勢族群」

請看例句：

f. <u>The living</u> often do not cherish life.

（活著的人常不珍惜生命。）

g. Remember, <u>the disabled</u> have their rights too.

（記住，殘障人士也有他們的權利。）

● 以下「**the + 分詞**」作單數名詞用：

the unknown「未知之事物」

the unexpected「未預料之事物」

the untold「未說出之事物」

the unanswered「未解答之事物」

the unsolved「未解決之事物」

請看例句：

h. <u>The unknown</u> is usually scary.

（未知之事物通常令人覺得恐懼。）

i. <u>The unsolved</u> now has been solved.

（未解決之事物現在已經解決了。）

- 以下「**the + 分詞**」可作單數或複數名詞解：註 1

  the accused「被告」

  the deceased「死者」

  the condemned「被定罪之人」

  the insured「受保人」

請看例句：

j. The accused <u>was / were</u> brought to the court.

（被告被帶到了法庭。）

k. The insured <u>is / are</u> entitled to receive comprehensive medical services.

（受保人有權利獲得全面的醫療服務。）

注意，除了以上這四種在句子中當作名詞用的特殊形容詞外，有些出現在慣用語 (idiom) 中的形容詞依文法分析的角度來看，也被視為名詞。例如：

in short「簡而言之」

in general「一般而言」

in common「共同的」

before long「不久」

by far「遠超過」

at first「最初」

at last「最後」

at random「隨意地」

at large「逍遙法外」

for long「長久」

for good「永遠」

for sure「一定」

由於介系詞之後應接受詞而受詞須為名詞，因此上列慣用語中之形容詞皆應視為名詞。

另外，有些慣用語中會出現比較級或最高級的形容詞。例如：

(change) for the better「好轉」

(change) for the worse「惡化」

for better or worse「（將來）不管好壞」

(do) one's best「盡全力」

(make) the most / best of「盡量利用」

not in the least「一點也不」

at best「充其量」

at worst「在最壞的情況下」

at most「至多」

at least「至少」

at the earliest「最快」

at the latest「最遲」

最後，讀者還可以留意一下以下這幾個慣用語中形容詞作名詞的用法：

(be) in the right「正確；有理」
(be) in the wrong「錯誤；應受譴責的」
in the dead of night「在深夜」
in the dead of winter「在隆冬」
in the thick of the debate「在激辯中」
in the thick of the battle「在激戰中」
through thick and thin「同甘共苦」

2 作為副詞用的形容詞

作副詞用的形容詞有三種功能：修飾動詞、修飾副詞、修飾其他形容詞。

A. 修飾動詞的形容詞

修飾動詞的形容詞置於動詞之後，通常用來表示「狀態」。請看例句：

I. The prisoner <u>broke loose</u>[註2] and fled.
（犯人掙脫束縛逃走了。）

m. The thief tried to <u>crack open</u> the safe.

（竊賊試圖撬開保險箱。）

n. The mother picked up her baby and <u>held</u> him <u>tight</u>.

（那位母親抱起她的寶寶並把他摟得緊緊地。）

其他的例子還包括：

fall ill / sick「生病」

stand still「站著不動」

lie quiet「安靜躺著」

drop dead「猝死」

open wide「敞開」

stop short「突然停止」

dig deep「深入挖掘」

play fair「公平競爭」

注意，有些這類「動詞 + 形容詞」的組合也可以用「動詞 +
副詞」的結構表達。註3 例如：

breathe deep = breathe deeply「深呼吸」

drive slow = drive slowly「慢慢開」

fly direct = fly directly「直飛」

sell cheap = sell cheaply「便宜賣」

cost dear = cost dearly「付出昂貴的代價」

B. 修飾副詞的形容詞

用來修飾副詞的形容詞應置於副詞之前。請看例句：

o. These two outlets are too <u>close together</u>.

（這兩個經銷點挨得太近了。）

p. You'd be <u>better off</u> if you moved to the country.

（如果你搬到鄉下，日子會快活些。）

類似的例子還包括：

deep down「在（心靈）深處」
high up「在高處」
close by「在近處」
far away「在遠處」
worse off「生活過得更差」
further ahead「在前方更遠處」

注意，上列的這些修飾副詞的形容詞也可用來修飾具副詞功能的介系詞片語。例如：

q. He was so <u>deep in thought</u> that he didn't notice that I came in.

（他陷入沉思，以致沒注意到我進來。）

r. There is a diner <u>further</u> down the road, if you're hungry.

（如果你餓了的話，這條路再往前有一家小餐館。）

類似的例子還有：

deep into the night「直至深夜」
high on the mountain「在高山上」
close at hand「近在手邊」
far below average「遠低於平均水準」
early in the morning「一大早」
late at night^{註4}「深夜時」

C. 修飾其他形容詞的形容詞

形容詞有時也可以當作副詞來修飾其他的形容詞。請看例句：

s. You can laugh, but I'm <u>dead</u> serious.
（你可以笑，但我可是非常認真的。）

t. Johnny wore a <u>dark</u> green jacket yesterday.
（強尼昨天穿了一件深綠色的夾克。）

類似的例子還包括：

dead drunk「酩酊大醉」

stark naked「一絲不掛」

light blue「淺藍色的」

great big「非常大的」

a good / great many「非常多的」

　　原則上用來修飾另一形容詞的形容詞應出現在被修飾的形容詞之前，但是有時例外。試比較 u. 句與 v. 句：

u. I'm <u>dead</u> tired.

（我累死了。）

v. I'm <u>worried</u> sick.

（我擔心得要命。）

u. 句中的 dead 用來修飾形容詞 tired，是屬於前位修飾 (premodifying)；v. 句中的 sick 則用來修飾形容詞 worried，為後位修飾 (postmodifying)。我們再看一個採後位修飾的例子。

w. He was <u>scared</u> witless.

（他嚇得不知所措。）

　　事實上除了一般記述形容詞 (descriptive adjective) 之外，分詞形容詞也常用來修飾其他的形容詞。例如：

x. It's <u>freezing cold</u> outside.

（外面簡直凍死人了。）

y. His father was <u>steaming mad</u> about what he had done.

（對於他的所作所為他爸爸氣得七竅生煙。）

其他的例子還有：

burning hot「炙熱」

soaking wet「溼透透」

sparkling white「白得發亮」

shining bright「亮得發光」

shocking bad「極壞的」

由於分詞皆由動詞變化而來，因此用它們來修飾其後描述「狀態」的形容詞能使這些狀態較為「生動」。這是英文修辭的一種表現。

註解

1 這一類的用字常與法律有關。

2 這一類的形容詞常具補語的功能。試比較下面這兩個句子：

❶ The prisoner broke <u>loose</u>.

（犯人掙脫了束縛。）

❷ The prisoner turned <u>pale</u>.

（犯人臉色發白。）

上面第二個句子中的 turned 屬連綴動詞，意即，形容詞 pale 為主詞 The prisoner 的補語。（有關補語的用法，請參閱本系列文法書第一冊「動詞篇」之第 2 章「完全動詞與不完全動詞」。）

3 當然，並不是所有「動詞 + 形容詞」的組合都等同於「動詞 + 副詞」的結構。例如以下這兩個句子所表達的意思就不相同。

❶ You should play <u>safe</u>.

（你們應該小心行事。）

❷ You should play <u>safely</u>.

（你們玩耍時應該注意安全。）

4 事實上，本節中所列出的形容詞（特別是與時間和地方有關者，例如：late、early、close、far）本身亦常作副詞用。

第 6 章

形容詞片語

我們在第 2 章「形容詞的功能與位置」中就曾提到，形容詞有時會以片語的形式出現；也就是說，形容詞不一定只是單字，而有可能是兩個或兩個以上單字的組合結構。在本章中我們將討論形容詞片語 (adjective / adjectival phrase) 的種類、形成方式，以及其出現位置。另外，我們也將順便討論一下所謂複合形容詞 (compound adjective) 的各種組成方式及其用法。

形容詞片語分兩種。第一種是以一個形容詞爲重心，再加上其他相關字所形成。另外一種形容詞片語則由非形容詞之文法結構，因其在句中之功能爲名詞的修飾語之故，權宜而成。我們先討論以一形容詞爲主體所形成的形容詞片語。

1 以形容詞為主體的形容詞片語

精確地說，所謂以形容詞爲主體的形容詞片語指的是以一個性狀形容詞爲中心 (head adjective) 加上該形容詞之修飾語所形成的一個片語結構。注意，這類形容詞片語中形容詞之修飾語可能出現在形容詞之前 (pre-head modifier)，也可能出現在形容詞之後 (post-head modifier)。試比較：

a. Sue is <u>very smart</u>.

（蘇非常聰明。）

與

b. Sue is <u>fond of music</u>.

（蘇喜歡音樂。）

在 a. 句中形容詞修飾語副詞 very 出現在其修飾的形容詞 smart 之前；在 b. 句中修飾語介系詞片語 of music 則出現在形容詞 fond 之後。我們再看兩個句子。

c. Joe is <u>rather capable</u>.

（喬蠻有能力的。）

d. Joe is <u>able to handle this</u>.

（這件事喬有能力處理。）

c. 句中的 rather 用來修飾其後的形容詞 capable，d. 句中的 to handle this 則用來修飾其前的形容詞 able。

由以上 a.、b.、c.、d. 四句我們可以看出，在以形容詞為主體的形容詞片語中，若修飾語為單字（副詞）即應置於形容詞之前，若修飾語為片語形式（副詞片語）則應置於被修飾的形容詞之後。[註1]

在「形容詞的功能與位置」一章中我們提到，形容詞的主要功能是用來修飾名詞及作為補語，形容詞片語也具同樣的功能。在前面的 a.、b.、c.、d. 四句中的形容詞片語皆為主詞補語，請看下列句中形容詞片語作名詞修飾語的用法。

e. Robin Clark is an <u>extremely talented</u> man.

（羅賓・克拉克是個極有天分的人。）

f. He is a man <u>capable of working independently</u>.
（他是個有能力獨立工作的人。）

我們發現，當形容詞片語中形容詞之修飾語為前位修飾時，整個形容詞片語出現在名詞之前，如 e. 句中的 extremely talented；但是當形容詞片語中的修飾語為後位修飾時，該形容詞片語則出現在名詞之後，如 f. 句中的 capable of working independently。例句 e. 顯然違反了我們在「形容詞的功能與位置」中所說的，形容詞若為片語形式時應置於被修飾的名詞之後這個常規。這是為什麼呢？

其實，只要讀者仔細觀察就可以發現，e. 句中的 extremely talented 雖然在結構上屬於形容詞片語，但是中心形容詞 talented 的修飾語副詞 extremely 只是用來表達形容詞 talented 的程度 (degree)，並未改變 talented 的基本意涵或賦予 talented 額外的內容。試拿 e. 句與下列幾句做一個比較。

e1. Robin Clark is a <u>slightly talented</u> man.
（羅賓・克拉克是個略有天分的人。）
e2. Robin Clark is a <u>fairly talented</u> man.
（羅賓・克拉克是個相當有天分的人。）
e3. Robin Clark is an <u>absolutely talented</u> man.
（羅賓・克拉克是個絕對有天分的人。）

雖然 e. 句中的 extremely talented 與 e1. 句中的 slightly

talented、e2. 句中的 fairly talented 以及 e3. 句中的 absolutely talented 在程度上有所差異，但是四句話都表達了同一個事實，那就是：

e4. Robin Clark is a <u>talented</u> man.
（羅賓・克拉克是個有天分的人。）

換言之，像這類出現在名詞前面用來修飾名詞的形容詞片語只是該形容詞本意的延伸。我們可以這麼說，這類名詞修飾語雖然在形式上是片語，但是實際功能相當於單字，因此在句中還是置於名詞之前。

而相對於 e. 句中的 extremely talented，f. 句中的 capable of working independently 的情況就大不相同了。如果我們把 capable 的修飾語 of working independently 改成別的介系詞片語，那意思可能會天差地別。例如：

g. He is a man <u>capable of murder</u>.
（他是個殺人的事都幹得出來的人。）

再看這個句子：

h. He is a man <u>capable of solving a murder case like this</u>.
（他是個有能力偵破像這樣的謀殺案的人。）

f.、g. 及 h. 句中都用到了形容詞 capable，但是由於其後的修飾語不同，三句話在意思上大相逕庭。換句話說，像 f. 句中的 capable of working independently、g. 句中的 capable of murder、h. 句中的 capable of solving a murder case like this 在功能上與形式上皆符合形容詞片語的條件，故應置於其修飾的名詞之後。[註2]

在結束本節的討論之前，我們還要介紹兩種極為特殊的形容詞片語。第一種是在中心形容詞之後接「受詞」的形容詞片語；第二種是在中心形容詞後接 that 子句的形容詞片語。我們先看「形容詞 + 受詞」形式的形容詞片語。

●「形容詞 + 受詞」之形容詞片語

在英文中有少數的形容詞必須在其後加上名詞、代名詞或動名詞其意思才完整。請看例句：

i. That hotel is near the airport.
（那家旅館靠近機場。）

j. His daughter is like him.
（他的女兒像他。）

k. This book is worth reading.
（這本書值得一讀。）

i. 句中的 near、j. 句中的 like 以及 k. 句中的 worth 常被稱之為「及物形容詞」(transitive adjective)，因為其後必須接受詞。也就是因為這些形容詞之後有受詞，所以這三個句子中劃底線的部分

自然就形成了片語。

　　事實上，有許多文法書和字典把 near、like、worth 這幾個字歸類為介系詞（因為介系詞後必須接受詞），但是我們還是有足夠的理由把它們視為形容詞。首先，這幾個字都可以用副詞來修飾：

i1.　That hotel is <u>very near</u> the airport.
　　　（那家旅館很靠近機場。）

j1.　His daughter is <u>quite like</u> him.
　　　（他的女兒頗像他的。）

k1.　This book is <u>really worth</u> reading.
　　　（這本書非常值得一讀。）

其次，這幾個字都可用在比較結構中：

i2.　That hotel is <u>nearer</u> the airport (than my house is).
　　　（那家旅館〔比我家〕更靠近機場。）

j2.　His daughter is <u>more like</u> him (than his son is).
　　　（他的女兒〔比他的兒子〕更像他。）

k2.　This book is <u>more worth</u> reading (than that one).
　　　（這本書〔比那本〕更值得一讀。）

● 「形容詞 + that 子句」之形容詞片語

　　在某些形容詞後，為了讓意思更清楚，會出現具補充說明功

能的 that 子句。例如：

l. I'm <u>sorry that you feel that way</u>.
（我很遺憾你那樣覺得。）

m. I'm <u>sure that he didn't mean it</u>.
（我確定他不是有意的。）

n. I'm <u>glad that you could make it</u>.
（我很高興你可以趕來。）

由於這樣的 that 子句是用來修飾其前之形容詞的，因此應被視為一種特殊的副詞子句，[註3] 而事實上 that 是可以省略不用的：

l'. I'm <u>sorry you feel that way</u>.

m'. I'm <u>sure he didn't mean it</u>.

n'. I'm <u>glad you could make it</u>.

其他有類似用法的形容詞還有：afraid、certain、happy、angry、thankful、grateful、worried、disappointed、satisfied、surprised 等。

接下來我們討論本身不包含形容詞，但具備形容詞功能的片語結構。

2 功能性形容詞片語

　　功能性形容詞片語包括介系詞片語、分詞片語以及不定詞片語。分別說明於下。

A. 介系詞片語

　　介系詞片語由介系詞加上受詞而形成，若置於名詞之後當作名詞修飾語，即爲功能性形容詞片語。[註4] 請看例句：

o. The book <u>on the desk</u> is mine.
（書桌上的那本書是我的。）

p. Look at the man <u>in the picture</u>.
（你看照片裡的那個男人。）

q. He likes girls <u>with long hair</u>.
（他喜歡長頭髮的女生。）

B. 分詞片語

　　分詞由動詞轉化而來，若一分詞帶有原動詞的受詞、補語或修飾語就形成了分詞片語，而若此一分詞片語出現在名詞之後作爲其修飾語，就形成功能性形容詞片語。當然，分詞片語也分爲現在分詞片語與過去分詞片語兩種。我們先看現在分詞片語的例子：

r. The woman <u>sitting over there</u> is Mrs. White.

（坐在那邊的那位女士就是懷特太太。）

s. Did you see a man <u>holding a baby</u>?

（你有沒有看到一個抱著寶寶的男人？）

現在分詞片語表達的是主動、進行的概念。

以下是兩個過去分詞片語的例子：

t. Whose is the car <u>parked outside</u>?

（停在外面的車子是誰的？）

u. The money <u>hidden under his mattress</u> was found by the police.

（藏在他床墊下的錢被警方找到了。）

過去分詞片語通常表達被動、完成的概念。

注意，單獨的分詞也可作形容詞用，但必須置於名詞之前。

試比較：

the <u>sleeping</u> baby「熟睡的寶寶」

與

the baby <u>sleeping in the crib</u>「在嬰兒床上熟睡的寶寶」

以及

a <u>broken</u> glass「一個破玻璃杯」

與

a glass <u>broken into pieces</u>「一個破成碎片的玻璃杯。」

c. 不定詞片語

由於英文的不定詞是由 to 加上原形動詞而成，因此嚴格來說，不論原動詞有無受詞、補語或修飾語，任何一個不定詞都屬於片語的結構。例如下列兩個句子中的不定詞皆為片語：

v. I have nothing <u>to say</u>.
（我沒有什麼可說的。）

w. I have nothing <u>to say to you</u>.
（我沒有什麼可跟你說的。）

也正是因為 v. 句中的 to say 與 w. 句中的 to say to you 皆為片語形式，因此皆應置於被修飾的代名詞 nothing 之後。[註5] 我們再看兩個以不定詞（片語）作為形容詞片語的例子：

x. He is the man <u>to choose</u>.
（他就是你該選擇的人。）

y. He is the man <u>to talk to</u>.
（他就是你該與之對話的人。）

3 複合形容詞

　　複合形容詞指的是由兩個或兩個以上單字所組合而成的形容詞，但是它們不能算是片語，因為在單字與單字之間有連字號連結，甚至有些必須連寫成一個字。換句話說，所謂複合形容詞應視為單字，作形容詞用，置於被修飾的名詞之前。

　　英文複合形容詞的形成方式非常多元，基本上可分成下列十類。

A. 名詞 + 現在分詞

例如：

time-consuming「耗時的」

money-making「能賺錢的」

heartbreaking「令人心碎的」

B. 名詞 + 過去分詞

例如：

air-conditioned「有空調的」

self-educated「自學的」

state-run「國營的」

C. 形容詞 + 現在分詞

例如：

good-looking「好看的」

nice-sounding「好聽的」

sweet-talking「甜言蜜語的」

D. 形容詞 + 過去分詞

例如：

cold-blooded「冷血的」

old-fashioned「老式的」

short-lived「短命的」

E. 副詞 + 現在分詞

例如：

hard-working「工作努力的」

slow-moving「移動緩慢的」

close-fitting「緊身的」

F. 副詞 + 過去分詞

例如：

well-known「著名的」

far-fetched「牽強的」

ready-made「現成的」

G. 名詞 + 形容詞

例如：

fire-retardant「耐火的」

duty-free「免稅的」

hands-off「不干涉的」

H. 形容詞 + 名詞

例如：

high-speed「高速的」

low-key「低調的」

heavyweight「重量級的」

I. 數字 + 名詞

例如：

one-piece「整件式的」

two-story「兩層樓的」

first-class「一流的」

second-hand「二手的」

J. 數字 + 單位詞 + 形容詞

例如：

forty-year-old「四十歲的」

seven-foot-tall「七呎高的」

事實上，除了依循上列十種常見的組合方式之外，英文複合形容詞的形成並沒有絕對的限制，只要言之成理，各式各樣的組合都是可能的，而且也不僅限於兩、三個字。例如常用的

state-of-the-art「最先進的」

就是一個很好的例子。另外，像常聽到的 "Take it or leave it." 這類的句子，在適當的情況下也可能變成一個複合形容詞。比方：

z. The shopkeeper adopts a <u>take-it-or-leave-it</u> attitude when customers start to bargain.

（當顧客開始討價還價的時候，這個店老闆就會採取「要不要隨你便」的態度。）

英文的複合形容詞確實是一個很有趣的語文現象。讀者在學習英文的過程中不妨多聽、多看，或許在不久的將來您也能夠創造出一些具有個人色彩的複合形容詞。

註解

1 這點與修飾名詞之形容詞的情況相同，即單字形容詞置於被修飾的名詞之前，片語形容詞置於被修飾的名詞之後。

2 注意，這類形容詞片語中之中心形容詞的修飾語當然不僅限於介系詞片語，例如前面例句 d. 中的不定詞片語 (to handle this) 也是常見的修飾語。下面再提供兩個不定詞片語修飾中心形容詞的例子。

❶ I was happy <u>to see him</u>.
（我很高興看到他。）

❷ He is a man always ready <u>to help others</u>.
（他是個隨時都準備好要幫助別人的人。）

3 我們將在本書第二部分中詳細討論副詞子句。

4 注意，這裡討論的介系詞片語與前一節中提到的介系詞片語形式相同但功能不同。我們將在本系列文法書第四冊「連接詞、介系詞與冠詞篇」中詳細說明介系詞片語的用法。

5 不定詞的相關用法請參閱本系列文法書第一冊「動詞篇」第 8 章中之說明。

第 7 章

形容詞子句

　　形容詞子句 (adjective clause) 顧名思義就是整個子句作爲名詞修飾語的文法結構。也就是因爲形容詞子句是一整個子句被用來當形容詞，因此包含這個形容詞子句的句子 (sentence) 一定是個複雜句 (complex sentence)。一般的情況是：形容詞子句爲從屬子句 (subordinate clause) 用來修飾主要子句 (main clause) 中的某一個名詞（主詞、受詞或補語）。在本章中我們將針對形容詞子句的形成方式與種類，以及功能與用法做詳細的說明。

1 形容詞子句的形成方式與種類

　　任何一個形容詞子句都必須由一關係詞 (relative) 來引導。[註1] 而引導形容詞的關係詞可以是關係代名詞 (relative pronoun)、關係形容詞 (relative adjective) 或關係副詞 (relative adverb)。我們首先討論以關係代名詞引導的形容詞子句。

A. 由關係代名詞引導的形容詞子句

　　任何一個代名詞都必須要有先行詞 (antecedent)，關係代名詞當然也不例外。一般而言，關係代名詞的先行詞可以分人或事物兩種。若先行詞是人則關係代名詞用 who；若先行詞爲事物則關係代名詞用 which。請看例句：

a. I know the man who is talking to Mr. Owen.
（我認識正在和歐文先生說話的那個人。）

b. The car <u>which he bought yesterday</u> was a Toyota.

（他昨天買的那輛車是一台豐田汽車。）

從形容詞子句的角度來看，在 a. 句中由關係代名詞 who 引導的
子句 who is talking to Mr. Owen 用來修飾先行詞 the man，而
the man 為主要子句中動詞 know 的受詞。在 b. 句中由關係代名
詞 which 所引導的子句 which he bought yesterday 用來修飾主要
子句之主詞 The car。從關係代名詞的角度來看，a. 句中的 who
代替的是主要子句中的 the man，而 b. 句中的 which 則代替主要
子句中的 The car；換言之，a. 句中的 who = the man，而 b. 句
中的 which = The car。也就是說，藉由代名詞這種特殊的「替代」
方式，a.、b. 兩句中的主要與從屬子句之間於是產生了一種聯結
的「關係」。

　　注意，當表人的關係代名詞在該子句中作動詞的受詞時，理
論上關係代名詞應用受格 whom，例如：

c. I know the man whom you hit.

（我認識被你揍的那個人。）

但是由於關係代名詞為連接詞，必須置於子句之首，即，由原本
的 you hit whom 變成了 whom you hit，換句話說，whom 已非
置於受詞位置，因此許多母語人士事實上是捨棄受格的 whom 不
用，依然使用屬於主格的 who：

c1. I know the man who you hit.

另外，也正由於 whom 為受詞，也有人乾脆將之省略不用，形成沒有連接詞的形容詞子句：^{註 2}

c2. I know the man you hit.

　　至於表事物的關係代名詞 which，則無主格與受格之變化，也就是，不論在原子句中為主詞或受詞，一律使用 which。試拿下面的 d. 句與前面的 b. 句做一比較。

d. The car which broke down yesterday was a Toyota.
（昨天拋錨的那輛車是一台豐田汽車。）
b. The car which he bought yesterday was a Toyota.

d. 句中的 which 為動詞 broke (down) 的主詞，b. 句中的 which 則為動詞 bought 的受詞。

　　最後，注意以上各句中的關係代名詞，不論表人或表事物，皆可用 that 來取代：^{註 3}

a'. I know the man that is talking to Mr. Owen.
b'. The car that he bought yesterday was a Toyota.
c'. I know the man that you hit.
d'. The car that broke down yesterday was a Toyota.

B. 由「介系詞 + 關係代名詞」引導的形容詞子句

由介系詞加上關係代名詞所引導的形容詞子句其實是前一種形容詞子句的變化形。關係代名詞前之所以會有介系詞是因為原子句中與先行詞相同指稱的 (co-referential) 名詞為介系詞的受詞，在以關係代名詞取代後與介系詞一併移置該子句之首之故。請看例句：

e. This is the person <u>to whom</u> I talked.
（這一位就是我跟他說話的那個人。）

f. This is the house <u>in which</u> he was born.
（這一棟就是他在裡面出生的那間房子。）

在 e. 句中 to whom I talked 為形容詞子句，用來修飾關係代名詞 whom 的先行詞 the person；在 f. 句中 in which he was born 為形容詞子句，修飾 which 的先行詞 the house。e. 句中的 whom = the person，f. 句中的 which = the house；換言之，e. 句中的 to whom I talked 指的是 I talked to the man，而 f. 句中的 in which he was born 指的是 he was born in the house。事實上，我們也可以只將關係代名詞往前移，而將介系詞留在原處，形成：

e1. This is the person <u>whom I talked to</u>.

f1. This is the house <u>which he was born in</u>.

注意，由於 e1. 句中的 whom 並未直接出現在介系詞 to 之後，因此也可以用 who 來取代 whom：

e2. This is the person <u>who</u> I talked to.

另外，由於 e1. 句中 whom 與 f1. 句中的 which 皆為該子句中（介系詞）之受詞，所以皆可省略：

e3. This is the person <u>I talked to</u>.

f2. This is the house <u>he was born in</u>.

不過要注意，若要以 that 來取代 whom 或 which，只能用在 e1. 和 f1. 這種句式中，而不可用在 e. 與 f. 這種句式裡。也就是，當關係代名詞與介系詞同時置於子句之首時，不可用 that 作為關係代名詞：

e1'. This is the person <u>that</u> I talked to.

f1'. This is the house <u>that</u> he was born in.

e'. This is the person <u>to that</u> I talked.（誤）

f'. This is the house <u>in that</u> he was born.（誤）

C. 由關係形容詞引導的形容詞子句

所謂關係形容詞主要指的是關係代名詞 who 和 which 的所

有格 whose。由 whose 所引導的子句在句中亦作形容詞用。請看例句：

g. I know the woman <u>whose son was kidnapped</u>.
（我認識兒子被綁架的那位女士。）

h. The book <u>whose cover is broken</u> is mine.
（書皮破損的那本書是我的。）

在 g. 句中 whose son was kidnapped 為形容詞子句，用來修飾其先行詞 the woman；在 h. 句中 whose cover is broken 為形容詞子句，修飾先行詞 The book。g. 句中的 whose = the woman's，h. 句中的 whose = the book's。

注意，關係形容詞 whose 不但是表人之關係代名詞 who 的所有格，也是表事物之關係代名詞 which 的所有格。雖然 h. 句亦可用

i. The book the cover <u>of which</u> is broken is mine.

來表達，但是這樣的句式較為過時，如今說起來感覺有些彆扭、不自然，因此除了在某些正式的文件中之外，一般多使用 whose（如 h. 句）來表示事物先行詞之所有格。

D. 由關係副詞引導的形容詞子句

由關係副詞所引導的形容詞子句用來修飾表示時間、地方、

原因或理由，以及方法或狀態的先行詞。請看例句：

j. We didn't know the time <u>when the train would arrive</u>.
（我們並不知道火車將抵達的時間。）

k. This is the place <u>where I used to live</u>.
（這就是我以前住過的地方。）

l. Do you know the reason <u>why she didn't marry him</u>?
（你知不知道她沒有嫁給他的原因？）

m. That is the way <u>how they finished the job</u>.
（那就是他們完成該項工作的方法。）

以上四句中的 when、where、why 和 how 之所以為關係「副詞」是因為它們所代替的並不是先行詞 the time、the place、the reason 和 the way 本身，而是由這些名詞所表達的時間、地方、原因和方法的副詞概念：at the time「在那個時間」、at the place「在那個地方」、for the reason「因為那個原因」和 in the way「以那個方法」。但是，也就是因為 when、where、why 與 how 這幾個字本身就具時間、地方、原因、方法的意涵，以致在意思上與它們的先行詞有所重複，因此在現代的英文中常將它們省略：

j1. We didn't know the time <u>the train would arrive</u>.

k1. This is the place <u>I used to live</u>.

l1. Do you know the reason <u>she didn't marry him</u>?

m1. That is the way <u>they finished the job</u>.

另外一個避免意思重複的方法是用 that 來取代 when、where、why 和 how：

j'. We didn't know the time that the train would arrive.

k'. This is the place that I used to live.

l'. Do you know the reason that she didn't marry him?

m'. That is the way that they finished the job.

但是因爲這樣的 that 很容易與作爲關係代名詞的 that 混淆，所以一般母語人士並不常這麼做。

事實上，有些母語人士也會覺得上面的 j1.、k1.、l1. 和 m1. 這四個句子並不是很自然，這些人可能會採取第三種避免重複的方式，那就是把 j.、k.、l.、m. 句中的先行詞 the time、the place、the reason、the way 拿掉，變成：

n. We didn't know <u>when the train would arrive</u>.

o. This is <u>where I used to live</u>.

p. Do you know <u>why she didn't marry him</u>?

q. That is <u>how they finished the job</u>.

如此一來不但句子變得簡潔，意思也較清楚，不過需要注意的是，n.、o.、p.、q. 四個句子中劃底線的部分已不再是形容詞子句（因爲沒有了被修飾的先行詞），而成了名詞子句（n.、p. 兩

句中為動詞 know 的受詞，o.、q. 兩句中為主詞 This 及 That 的補語）。

　　前面我們提到過，關係副詞之所以是副詞是因為它們並不直接代替先行詞，而是相當於「介系詞 + 先行詞」所表達的表時間、地點、原因、方法等的副詞概念。而當我們在討論由關係代名詞所引導的形容詞子句時，我們也明白地說過，關係代名詞代替的就是它的先行詞。換句話說，如果我們用關係代名詞來代替「介系詞 + 先行詞」中的先行詞，那麼關係副詞就會等於「介系詞 + 關係代名詞」了。的確，在許多例子中，特別是與時間和地方有關者，這兩者是相通的。例如：

r.　That was the day <u>when</u> they got married.
　　（那一天就是他們結婚的日子。）

就相當於：

r1.　That was the day <u>on which</u> they got married.

同理

s.　This is the church <u>where</u> they got married.
　　（這一間就是他們結婚的教堂。）

就等同於：

s1.　This is the church <u>in which</u> they got married.

另外，由於表原因和表方法的用字一般較為固定（即 reason 與 way），因此介系詞通常也固定使用 for 和 in：

the reason why = the reason <u>for which</u>
the way how = the way <u>in which</u>

② 形容詞子句的功能與用法

　　形容詞子句與形容詞和形容詞片語相同，都用來修飾名詞。但是與形容詞和形容詞片語不同，形容詞子句修飾的對象是另外一個子句中的名詞；換言之，只要一個句子裡有一個形容詞子句當修飾語，該句子一定至少有兩個子句——主要子句與從屬子句，而形容詞子句一定是從屬子句。從屬子句（包括名詞子句、形容詞子句和副詞子句）的特徵是必須由一個從屬連接詞來引導，[註4] 而引導形容詞子句的連接詞，如前所述，叫做關係詞，因此所有的形容詞子句，包括本章至目前所例舉的每一個例子，都是所謂的關係子句 (relative clause)。然而，必須注意的是，並非所有的關係子句都被用來當名詞的修飾語（也就是作形容詞

子句用）。事實上，關係子句還有另一種不同的功能，那就是，作爲先行名詞的同位語（意即具名詞子句的功能）。這兩種不同作用的關係子句就是所謂的「限定關係子句」(restrictive relative clause) 和「非限定關係子句」(non-restrictive relative clause)。請看以下說明。

A. 限定關係子句

限定關係子句（或關係子句的限定用法）指的就是形容詞子句。例如我們前面所舉的：

a. I know the man <u>who is talking to Mr. Owen</u>.

b. The car <u>which he bought yesterday</u> was a Toyota.

兩個句子中劃底線部分就是典型的限定關係子句，作形容詞用，分別修飾其前的先行名詞 the man 和 The car。這一類關係子句之所以被稱爲「限定」，關鍵就在於它們具「修飾」的功能。

須知，當我們使用任何一個形容詞來修飾一個名詞時，我們就是在限定這個名詞所指之人、事、物的範圍。試想，假如我要求你描述一下你父親，而你的回應是：My father is a man.，我是不是會覺得你說的是一句廢話？當然會，因爲從你的話裡我完全無法得知關於你父親的任何資訊，包括他的長相、性格、年齡、職業等等我仍然一無所知。對我而言，他僅僅是世界上幾十億人當中的一位。但是，如果你跟我說：He is a <u>handsome</u> man.，那

我腦海中必須搜尋的範圍是不是縮小了一圈（因為這個世界上畢竟不是每一個人都是帥哥）。如果你跟我說：He is a <u>handsome man</u> <u>with some gray hair</u>.，範圍是不是又再縮小了一圈（因為畢竟不是每一位帥哥都有華髮）。如果你跟我說：He is a <u>handsome man</u> <u>with some gray hair</u> <u>who teaches at a university</u>.，我是不是更能想像出你父親的模樣（因為並不是每一位有華髮的帥哥都在大學教書）。

從上面的說明相信每一位讀者都能理解到，形容詞的功能除了在於修飾名詞外，它們同時也具有限定名詞的作用。〔別忘了，這裡所謂的「形容詞」包括字（如 handsome）、片語（如 with some gray hair）和子句（如 who teaches at a university）〕。

當然，關係子句的限定用法並不僅限於以關係代名詞所引導的子句，也適用於以「介系詞 + 關係代名詞」、關係形容詞以及關係副詞所引導的子句，例如前面提過的 e.、f.、g.、h. 和 j.、l. 等句中的關係子句皆為限定關係子句：

e. This is the person <u>to whom I talked</u>.

f. This is the house <u>in which he was born</u>.

g. I know the woman <u>whose son was kidnapped</u>.

h. The book <u>whose cover is broken</u> is mine.

j. We didn't know the time <u>when the train would arrive</u>.

l. Do you know the reason <u>why she didn't marry him</u>?

B. 非限定關係子句

我們在前面說明過，所謂限定關係子句其實就是一般所說的形容詞子句。反之，所謂非限定關係子句當然就「非」形容詞子句了。因此，在這裡我們要特別提醒讀者注意，有些文法書裡（和某些英語教師）提到的「形容詞子句的非限定用法」這種說法是錯誤的，因為只要是「形容詞」子句，它就具「限定」名詞之功能，而如果為「非限定」用法，該子句就不具「修飾」功能，也就不是「形容詞」子句了。正確的說法應該是「關係子句的非限定用法」。那麼關係子句非限定用法的真正功能是什麼呢？

簡單講，非限定關係子句的主要功用在於作為同位語，來補充說明意思已經夠清楚、指稱夠明確的先行詞，例如：

t. My wife, who has gone to Japan, will be back next Monday.

（我太太去了日本，她會在下星期一回來。）

由於 t. 句中 who 的先行詞 My wife 所指的人物已經非常明確，不需要再被「限定」，因此其後只須使用「非限定」的同位關係子句 (appositive relative clause) 作補述即可。

C. 限定與非限定關係子句之比較

首先要注意的是，與限定關係子句不同，補述用的非限定關係子句必須使用逗號與主要子句分開。[註5] 試比較：

u. We're going to hire a man <u>who can speak French</u>.

（我們打算要雇用一個會講法文的人。）

v. We're going to hire Frank, <u>who can speak French</u>.

（我們打算雇用法蘭克，他會講法文。）

很明顯的，u. 句中沒有用逗號標開的關係子句 who can speak French 爲限定用法，而 v. 句中用了逗號標開的 who can speak French 則爲非限定用法。

而就這兩個不同種類之關係子句的功能而言，u. 句中的 who can speak French 用來限定其先行詞 a man，也就是說，說話者表明他們要雇用的人「必須」會講法文，或者說，會不會說法文是能否被雇用的一個「限定」條件。相對地，v. 句中的 who can speak French 只是用來「附帶說明」他們要雇用的 Frank 會說法文，意即，能說法文並非被錄用的必要條件。另外，注意 v. 句中的 Frank 爲專有名詞，指稱非常明確，本無須再加以限定。反觀 u. 句中的 a man，其後若無形容詞子句加以限定，主要子句 We're going to hire a man 的內容就會顯得空洞了。

不過，有時在先行詞相同的情況下，關係子句也會有限定與非限定之分。試比較下面這兩個句子：

w. Don has two sons <u>who are working in Mainland China</u>.

（唐有兩個在中國大陸工作的兒子。）

x. Don has two sons, <u>who are working in Mainland China</u>.

（唐有兩個兒子，他們在中國大陸工作。）

w. 句中的 who are working in Mainland China 為限定關係子句，用來修飾其先行詞 two sons；x. 句中的 who are working in Mainland China 則為非限定關係子句，用來作為其先行詞 two sons 之同位補述語。由於 w. 句中的 two sons 之後有形容詞子句的「限定」，讓人覺得唐的兒子應該不只兩個，比方說，可能還有兩個在台灣工作，還有一個未成年等等；但是在 x. 句中 two sons 之後卻用了一個具名詞功能的同位語作補述，由此我們可以判斷，唐只有兩個兒子。換言之，關係子句的限定與非限定用法可能導致邏輯意義上的差異，因此在使用它們時不可不慎。

　　以上為了說明上的方便，我們只以由關係代名詞所引導的關係子句做非限定用法的討論。無庸置疑，由其他關係詞所引導的關係子句當然也有限定與非限定之分，例如在我們先前討論由關係副詞所引導的形容詞子句時曾舉出：

k. This is the place <u>where I used to live</u>.

句中 where I used to live 就屬於關係子句的限定用法，而在下面 y. 句中的 where I used to live 則為非限定用法。

y. Kaohsiung<u>, where I used to live,</u> is a beautiful city.
（我以前住在高雄，它是個美麗的城市。）

　　換句話說，k. 句中的 where I used to live 為形容詞子句，用

來修飾其先行詞 the place，而 y. 句中的 where I used to live 則為
先行詞 Kaohsiung 的同位語，用來作補充說明。

註解

1 關係詞是使兩個子句產生聯繫關係的一種特殊詞類，屬從屬連接詞
(subordinate conjunction)。

2 同樣地，b. 句中的 which 亦可省略：

The car he bought yesterday was a Toyota.

3 事實上，有些母語人士並不喜歡或不習慣用 that 來取代表人的 who
或 whom。

4 當然有些時候從屬連接詞可以省略，例如上面註解 2 中提到的
which。

5 而口說時，則必須在先行詞之後停頓一下。

副　詞

Adverbs

前言

只要一個修飾語不是形容詞，它就是副詞！

1. 何謂副詞？

　　副詞英文叫 adverb，由字首 ad- 和字根 -verb 所組成，ad-的意思是 to，-verb 則指 word，[*]加在一起的意思就是 added word「被加上的字」，也就是說，副詞是被加諸於其他字的字。因此，與形容詞相同，副詞的主要功能也是用來修飾；不過與形容詞不同，副詞的修飾對象並非名詞，而是除了名詞之外的另外三種實詞 (content words)，[#]即，動詞、形容詞及（其他）副詞。換言之，副詞的使用範圍比形容詞還要廣。的確，事實上除了當作動詞、形容詞及副詞的修飾語之外，副詞有時也被拿來修飾片語、子句或句子，有些副詞甚至可以用來修飾名詞或代名詞。這也正是為什麼有些文法學家把副詞定義成「只要一個修飾語不是形容詞，它就是副詞」的原因。

2. 副詞的重要性

　　副詞的第一個功能就是用來修飾動詞。如果說形容詞是裝飾名詞的紅花，那麼副詞就是陪襯動詞的綠葉了。動詞就像一棵樹的樹幹，沒了樹幹樹就沒了生命，但是光有樹幹沒有葉子的樹縱使是活的，看起來也像死的。假設有人問你昨天晚上的派對玩得如何，而你回答：We danced.（我們跳舞。），對方是不是會覺得你答得很沒有誠意？但是你如果回答：Well, we danced wildly on the rooftop until the neighbors called the police.（嗯，我們在屋頂上瘋狂地跳舞，一直跳到鄰居打電話叫警察。），對方肯定會覺得昨晚沒去參加那場派對是一大損失。為什麼？因為你在句子中用了一個副詞 (wildly)、一個副詞片語 (on the rooftop) 和一個副詞子句 (until the neighbors called the police) 來修飾動詞 danced。在聽了你如此這般的敘述後，對方的腦海中絕對會浮現一個熱鬧又精采的畫面。

　　當然，副詞也可以用來修飾形容詞和其他的副詞。修飾形容詞或副詞的副詞通常被用來表達某種狀態所達到或呈現的程度。比如，當你要描述你那聰明絕頂的弟弟時，光說：He is smart.（他聰明。），顯然「詞不達意」；如果你說：He is extremely smart.（他極聰明。），是不是鮮活了許多？同樣地，如果你想告訴人家你的某某朋友為什麼英年早逝，而你只說：He worked hard.（他辛苦工作。），雖然不能說你說錯了，但總覺得有那麼點不痛不癢的。但是，如果你說的是：He simply worked too hard.（他就

是工作太過辛苦了。），是不是就會讓人覺得比較感嘆？有了像 extremely 和 too 這類的副詞，就可讓原來也用來修飾的形容詞和副詞更加生動。

　　至於被用來修飾片語、子句和句子，以及可用來修飾名詞與代名詞的副詞同樣具畫龍點睛之效。比方像所謂的連接副詞，就有助於文句間的起承轉合。另外像所謂的強調副詞，就能夠凸顯某些人、事、物的獨特性或重要性。

　　在本書的第二部分中，我們將分六章依次討論副詞的種類、副詞的功能與位置、副詞的比較、易混淆及須注意的副詞、副詞片語，以及副詞子句。與第一部分形容詞相同，除了保存一般文法書所列出的重點之外，我們也會提供必要的分析說明，以幫助讀者徹底理解英文的副詞。

---

* 英文的動詞 verb 亦從同一字源而來。

\# 實詞指的是具清楚、明確語意內涵 (semantic import) 的字詞，包括名詞、動詞、形容詞與副詞。相對於實詞則為功能詞 (function words)，包括代名詞、連接詞、介系詞及冠詞。

第 1 章

副詞的種類

我們在前言中提到，副詞所修飾的對象相當多，使用範圍也很廣，爲了幫助讀者清楚了解各種副詞的功能並掌握正確的用法，我們將主要的副詞分成一般副詞 (simple adverb) 和特殊副詞 (special adverb) 兩大類來討論。首先我們看一般副詞。

1 一般副詞

所謂一般副詞指的是在句中的功能簡單明瞭，直接用來修飾動詞、形容詞或其他副詞的副詞。一般副詞包括：情態副詞 (adverb of manner)、時間副詞 (adverb of time)、地方副詞 (adverb of place)、頻率副詞 (adverb of frequency) 以及程度副詞 (adverb of degree)。

A. 情態副詞

情態副詞多用來描繪動作發生的「情況與狀態」。情態副詞之於動詞猶如記述形容詞之於名詞，一個動詞有了情態副詞的修飾，讀者或聽者就可以較精準地感受或體會該動作發生時的狀況。例如：

a1. Joe talked angrily.
（喬很生氣地說話。）

a2. We met Ann accidentally.
（我們意外地碰到安。）

在所有的副詞中就以情態副詞的數量最龐大，而絕大多數的情態副詞都是由記述形容詞加上字尾 -ly 而來，但是須注意在加上 -ly 之前有些形容詞的字尾會產生變化。請看以下分析說明。

● 形容詞字尾不變化，直接加 **-ly**，例如：

sad「悲傷的」 → sadly「悲傷地」
wise「明智的」 → wisely「明智地」
correct「正確的」 → correctly「正確地」
regular「規律的」 → regularly「規律地」
dangerous「危險的」 → dangerously「危險地」
diligent「勤奮的」 → diligently「勤奮地」
beautiful「美麗的」 → beautifully「美麗地」

● 形容詞字尾為 **le** 時，將 e 去掉，再加 **-y**，[註1] 例如：

simple「簡單的」 → simply「簡單地」
gentle「溫和的」 → gently「溫和地」
humble「謙卑的」 → humbly「謙卑地」
suitable「合適的」 → suitably「合適地」

● 形容詞字尾為 **ue** 時，將 e 去掉，再加 **-ly**，例如：

due「正當的」 → duly「正當地」
true「真實的」 → truly「真實地」

● 形容詞字尾為 ll 時，只加 -y，例如：

full「充分的」　　　　→ fully「充分地」

dull「遲鈍的」　　　　→ dully「遲鈍地」

● 形容詞字尾為 y 時，將 y 改為 i，再加 -ly，[註2] 例如：

happy「快樂的」　　　→ happily「快樂地」

easy「容易的」　　　　→ easily「容易地」

busy「忙碌的」　　　　→ busily「忙碌地」

crazy「瘋狂的」　　　　→ crazily「瘋狂地」

● 形容詞字尾為 ic 時，先加 al，再加 -ly，[註3] 例如：

automatic「自動的」　　→ automatically「自動地」

scientific「科學的」　　→ scientifically「科學地」

basic「基本的」　　　　→ basically「基本地」

● 形容詞原本就以 ly 結尾時，將 y 改成 i，再加 -ly，[註4] 例如：

lively「活潑的」　　　　→ livelily「活潑地」

lonely「孤獨的」　　　　→ lonelily「孤獨地」

friendly「友善的」　　　→ friendlily「友善地」

● 具記述功能的分詞形容詞直接加 -ly，例如：

interesting「有趣的」　→ interestingly「有趣地」

exciting「令人興奮的」→ excitingly「令人興奮地」

pleasing「令人愉快的」 → pleasingly「令人愉快地」

repeated「反覆的」　　 → repeatedly「反覆地」

worried「擔心的」　　 → worriedly「擔心地」

confused「困惑的」　　 → confusedly[註5]「困惑地」

另外，有少數情態副詞與其相對應的記述形容詞同形，即，不加 -ly，例如：

fast「快速的」　 → 　fast「快速地」

hard「辛苦的」　 → 　hard「辛苦地」

有些則可加 -ly，可不加 -ly，例如：

slow「緩慢的」　 → 　slowly / slow「緩慢地」

loud「大聲的」　 → 　loudly / loud「大聲地」

但是要注意，有些加了 -ly 與不加 -ly 的副詞意思不同，例如：

wide「廣闊地」　 ⟷ 　widely「普遍地」

high「高高地」　 ⟷ 　highly「盛大地」

雖然我們說大多數的情態副詞用來修飾動詞，但是也有些可以轉而修飾形容詞或是副詞。請看例句：

a3. We are terribly sorry about that.

（對於那件事我們感到非常抱歉。）

a4. They are not brothers, but they look strikingly alike.

（他們並不是兄弟，但是兩個人看起來超像的。）

a5. The train is moving painfully slow.

（火車開得慢得要命。）

a6. Kevin has been working awfully hard these days.

（這些日子以來凱文一直極辛勤地工作。）

a3. 句中的副詞 terribly 用來修飾其後的形容詞 sorry；a4. 句中的 strikingly 則修飾形容詞 alike；a5. 句中的副詞 painfully 修飾其後的副詞 slow；a6. 句中的 awfully 則修飾另一副詞 hard。事實上，以上各句中以 -ly 結尾的情態副詞皆具有強化詞 (intensifier) 的功能，也就是，它們都被用來強調其後形容詞或副詞所表達的一種狀態。（有關強化詞的進一步說明，請見稍後之「程度副詞」一節。）

B. 時間副詞

時間副詞一般用來表達某個動作發生的時間。常見的時間副詞包括：now、then、today、tomorrow、yesterday、early、late、soon、already、recently「最近」、lately「近來」、immediately「立即」等。請看例句：

b1. The boss is coming back tomorrow.

（老闆明天就會回來。）

b2. They got married yesterday.

（他們昨天結婚。）

b3. I have already seen the movie.

（那部電影我已經看過了。）

時間副詞有時是由兩個或甚至兩個以上的字形成，例如：

last night「昨晚」

last week「上星期」

last year「去年」

next week「下星期」

next month「下個月」

next year「明年」

every day ^{註6}「每一天」

every night「每一晚」

every other day「每隔一天」

the day after tomorrow「後天」

the day before yesterday「前天」

請看例句：

b4. We went to Kenting last week.

（我們上星期去了墾丁。）

b5. He watches TV every night.

（他每天晚上都看電視。）

b6. You will have to report to me every other day.

（你每隔一天必須向我做報告。）

注意，以上各句中套色字的部分雖然呈片語形式，但是在此我們仍把它們視為簡單的時間副詞，因為它們所表達的時間概念非常直接明確，而且作為動詞修飾語的功能也一目了然。事實上，在英文中的確常用片語，甚至子句，來表示時間，這一點我們會在「副詞片語」與「副詞子句」兩章中詳加說明。

C. 地方副詞

地方副詞用來表達動作發生的地點、位置、方向等。常見的地方副詞有：here、there、far、near、inside、outside、away、back、forth、forward(s)、backward(s)、upward(s)、downward(s)、upstairs、downstairs、aboard「在車、船、飛機等上」、abroad「在國外」、apart「分開地」、astray「迷途地」、left「向左」、right「向右」、east「向東」、west「向西」、home「在家、到家」等等。請看例句：

c1. It began to rain, so we went inside.

（因為開始下雨，所以我們就進到屋內。）

c2. Please step backward.

（請向後退。）

c3. Terry is studying upstairs.

（泰瑞在樓上念書。）

c4. Turn left at the next traffic light.

（在下一個紅綠燈左轉。）

須要注意的是，有些地方副詞常被誤用為名詞，例如下列兩個句子就是不正確的：

c5. I like here.（誤）

（我喜歡這裡。）

c6. I hate there.（誤）

（我討厭那裡。）

因為 here 和 there 為副詞，所以不能直接置於及物動詞 like 和 hate 之後，也就是說，不能當受詞（名詞）用。c5. 和 c6. 句應改為 c7. 和 c8.：

c7. I like it here.

c8. I hate it there.

另外，注意有些地方副詞也可作名詞甚至形容詞用。例如 home 這個字就有三種用法：

c9. It's snowing outside, so we'd better stay home.

（外面在下雪，所以我們最好待在家裡。）

127

c10. He was born in Taipei, but he's made Tainan <u>his home</u>.

（他在台北出生，但是他已以台南爲家。）

c11. I miss my mother's <u>home cooking</u> very much.

（我非常想念我媽媽做的家常菜。）

c9. 句中的 home 爲副詞，修飾動詞 stay；c10. 句中的 home 爲 his 的所有名詞；c11. 句中的 home 則爲形容詞，用來修飾 cooking。

D. 頻率副詞

頻率副詞用來表達動作或狀態發生頻率的多寡。常見的頻率副詞包括：always、often、frequently「經常」、usually、sometimes、occasionally「偶爾」、seldom、rarely「鮮少」、never 等。請看例句：

d1. He always comes to class on time.

（他總是準時來上課。）

d2. I have never played golf.

（我從來沒打過高爾夫球。）

d3. It's usually very hot here in the summer.

（這裡夏天的時候通常都很熱。）

d4. Luke is seldom late for work.

（路克上班很少遲到。）

d1. 與 d2. 中的頻率副詞用來指動作，d3. 與 d4. 中的頻率副詞則指狀態。

注意，相對於其他一般副詞，頻率副詞的位置較為固定，它們通常出現在句中，較少出現在句首或句尾，而且如上列四句所示，它們必須置於普通動詞之前 (d1.) 或助動詞和 be 動詞之後 (d2.、d3.、d4.)。（有關副詞的位置問題請見之後的「副詞的功能與位置」一章。）

E. 程度副詞

程度副詞用來表達某一種狀態或情況所達到或呈現出的程度。常見的程度副詞包括：very、pretty、so、too、quite、rather、somewhat、(a) little、enough、almost 等。請看例句：

e1. His English is pretty good.
（他的英文蠻好的。）

e2. Don't drive too fast.
（車子不要開太快。）

e1. 句中的程度副詞 pretty 修飾其後的形容詞 good，e2. 句中的程度副詞 too 則用來修飾其後的副詞 fast。

如 e1. 與 e2. 所示，通常程度副詞應置於被修飾的形容詞或副詞之前，但 enough 為例外，它必須出現在被修飾的形容詞或副詞之後：

e3. Is this bag big enough?

（這個袋子夠大嗎？）

e4. I don't think you're working hard enough.

（我認為你並不夠努力。）

e3. 句中的 enough 修飾其前的形容詞 big，e4. 句中的 enough 則修飾其前的副詞 hard。但是注意，enough 其實也可以當形容詞用；若作形容詞，enough 須置於其修飾的名詞之前：

e5. We don't have enough money to buy a house.

（我們沒有足夠的錢買房子。）

所謂程度副詞除了前面我們列出的那些字之外，事實上也有許多以 -ly 結尾的副詞（包括某些情態副詞）同樣用來表程度，例如：extremely「極端地」、exceedingly「過度地」、completely「完全地」、partly「部分地」、fairly「相當」、nearly「幾乎」、hardly「幾乎不」、barely「勉強地」、terribly「非常地」、dreadfully「極其」、painfully「令人痛苦地」、excruciatingly「折磨人地」、overwhelmingly「勢不可擋地」等。請看例句：

e6. The manager is an extremely difficult person to deal with.

（經理是一個極度難以應付的人。）

e7. As an amateur, she sings fairly well.

（作為業餘歌手，她歌唱得相當好。）

e6. 句中的 extremely 修飾形容詞 difficult；e7. 句中的 fairly 修飾
副詞 well。

注意，有些程度副詞可以用來或通常用來修飾動詞，例如：

e8. I completely forgot that I needed to work overtime
tonight.

（我完全忘了我今天晚上得加班。）

e9. We've been working in the same office for ten years,
but I hardly know him.

（我們在同一間辦公室工作了十年，但是我幾乎不認識
他。）

e8. 句中的 completely 是用來修飾動詞 forgot，e9. 句中的 hardly
則修飾動詞 know。

從以上的分析說明我們可以得到一個結論，那就是：雖然各
個程度副詞所表達的「程度」不一，但是它們對於所修飾的對象
（不論是形容詞、副詞或是動詞）都產生了一種強化 (intensify) 的
效果（包括正面的和負面的）。正因如此，所以許多現代的文法
學家和語言學家常把傳統上的程度副詞稱為「強化詞」(intensifier
或 intensive)。而當一個情態副詞被拿來當作程度副詞使用時，
它不但可以產生強化效果還同時具有修辭的功能。例如：

e10. Professor Johnson's speech was excruciatingly long.

（強森教授的演講又臭又長。）

注意，這個句子中所使用的 excruciatingly 不但強調了強森教授的演說很長，也讓我們感覺到他的演說內容必定相當無趣。另外，像我們先前舉過的 a5. 中的 painfully 也同樣兼具強化與修辭的作用：

a5. The train is moving painfully slow.

painfully 這個副詞不但強調了火車行駛的緩慢，也道出了說話者心中的不快（或許他趕著去上班，也或許他急著到醫院探視他的父親）。

2 特殊副詞

特殊副詞指的是非直接用來修飾動詞、形容詞、副詞，或是本身具備其他功能的一些副詞，包括疑問副詞 (interrogative adverb)、關係副詞 (relative adverb)、連接副詞 (conjunctive adverb)、替代副詞 (substitutive adverb)、介副詞 (prepositional adverb)、焦點副詞 (focusing adverb) 以及句副詞 (sentential adverb)。

F. 疑問副詞

英文有四個疑問副詞：when、where、why 和 how。一般而言，when 用來問動作發生的時間，where 用來問動作發生的地

點，why 用來問原因、理由，how 則用來問方法、手段。請看例句：

f1. When will he leave?
（他什麼時候會離開。）

f2. Where have you been?
（你上哪兒去了？）

f3. Why did he say that?
（他為什麼那麼說？）

f4. How did you do it?
（你是怎麼做的？）

注意，雖然這四個疑問詞並未直接修飾動詞，但是它們卻都對動詞所表達的動作提出了「疑問」，因此在文法上自應被歸類為副詞。

另外，事實上疑問副詞 how 除了被用來問方法、手段外，還可以用來問時間或距離的長短，以及動作發生的頻率。請看例句：

f5. How long have you been waiting?
（你等多久了？）

f6. How far is it to the airport?
（到機場有多遠？）

f7. How often do they eat out?
（他們多常到外面吃飯？）

最後，how 也常被用來問「程度」，例如：

f8. How bad is the situation?

（情況有多糟？）

f9. How fast can you run?

（你能跑多快？）

注意，f8. 句中的 How 用來「修飾」其後的形容詞 bad，f9. 句中的 How 則「修飾」副詞 fast。

G. 關係副詞

在本書的第一部分「形容詞子句」一章中我們曾提到，關係副詞用來引導形容詞子句，修飾其前表示時間、地方、原因或理由，以及方法或狀態的先行名詞，但是它們本身並非代名詞，而是副詞。英文的關係副詞與疑問副詞相同，即，when、where、why、how。請看例句：

g1. We waited until the moment when the bus arrived.

（我們一直等到巴士來的那一刻。）

g2. Do you have the key to the room where they keep old files?

（你有沒有他們存放舊檔案那間房間的鑰匙？）

g3. The reason why he quit was unknown.

（他辭職的原因不明。）

g4. I'm impressed with the way how they treat their customers.

（我對他們對待顧客的方式印象深刻。）

上列 g1. 句中的 when = at the moment；g2. 句中的 where = in the room；g3. 句中的 why = for the reason；g4. 句中的 how = in the way。

除了上面提到的四個關係副詞，其實英文中還有三個「複合」關係副詞 (compound relative adverb)：whenever、wherever 和 however。雖然同為關係副詞，但是複合關係副詞與一般關係副詞不同，因為它們沒有先行詞。請看例句：

g5. He may leave whenever he wants.

（他想什麼時候離開就什麼時候離開。）

g6. You can sit wherever you like.

（你喜歡坐哪兒就坐哪兒。）

g7. I can arrange the furniture however I want.

（我高興怎麼擺這些家具就怎麼擺。）

g5. 句中的 whenever 不需要先行詞，因為它相當於 at any time when；g6. 句中的 wherever 不需要先行詞，因為它相當於 at any place where；g7. 句中的 however 不需要先行詞，因為它相當於 in any way how。

H. 連接副詞

連接副詞的主要功能在於「啓」、「承」、「轉」、「合」，常用來表達兩個獨立子句之間的因果、對照、比較、讓步、時間等關係或用來顯示附加、補充、總結等概念。常見的連接副詞有：therefore、hence「因此」、however、instead、otherwise、still、nevertheless / nonetheless「然而」、meanwhile「在此同時」、then、furthermore、moreover、besides、likewise「同樣地」、indeed、thus「如此」等。請看例句：

h1. This is a very delicate situation; therefore, we need to go about it very carefully.

（這是個非常微妙的局面，因此我們必須非常小心地處理。）

h2. His company is losing money; however, he doesn't seem to care.

（他的公司在虧錢，然而他似乎並不在意。）

h3. You'd better study harder this time; otherwise, you will flunk the course.

（你這次最好用功些，否則你這一科會被當掉。）

h4. This apartment is too small; furthermore, the rent is too high.

（這間公寓太小，而且租金過高。）

h5. I'll tell you what I know; likewise, you should tell me what you know.

（我會把我知道的告訴你，同樣地，你也應該把你知道的告訴我。）

h6. This new machine works much faster than the old one; thus, we can save a lot of time and money.

（這台新機器的速度比舊的快得多，如此一來我們可以省下許多時間和金錢。）

須要注意的是，連接副詞並非連接詞，因此在連接副詞之前不可用逗號，而必須用分號。另外，在連接副詞之後通常加逗號，但若句子較短可以不加逗號。

雖然連接副詞在文法上不等於連接詞，但是在意義表達上常可代換成連接詞。例如上列的 h1.、h2.、h3. 句就相當於 h1'.、h2'.、h3'.：

h1'. This is a very delicate situation, so we need to go about it very carefully.

h2'. His company is losing money, but he doesn't seem to care.

h3'. You'd better study harder this time, or you will flunk the course.

注意，h1'. 句中的 so、h2'. 句中的 but 和 h3'. 句中的 or 都是對等

連接詞，而當然，由連接副詞所表達的起承轉合也可能由從屬連接詞來顯示。試比較 h7. 與 h7'. 以及 h8. 與 h8'. ：

h7. The result was not unexpected; nevertheless, we were disappointed.

（這個結果我們並不是沒有預料到，然而我們還是很失望。）

h7'. Although the result was not unexpected, we were disappointed.

（雖然這個結果我們並不是沒有預料到，但是我們還是很失望。）

h8. The mayor was holding an emergency meeting; meanwhile, an angry crowd was gathering outside the city hall.

（市長正在召開緊急會議，在此同時一群憤怒的群眾在市政府外集結。）

h8'. While the mayor was holding an emergency meeting, an angry crowd was gathering outside the city hall.

（當市長在召開緊急會議的時候，有一群憤怒的群眾在市政府外集結。）

h7'. 句中的 Although 及 h8'. 句中的 While 即為從屬連接詞。註7

I. 替代副詞

替代副詞的主要功能在於代替句子前面提到的時間、地點、動作、方法等。常用的替代副詞有：then、there、so 和 thus。請看例句：

i1. Meet me <u>tonight</u>, and I'll tell you everything then.
（今晚跟我碰頭，到時我會把所有的事都告訴你。）

i2. If you look <u>in the lab</u>, you'll probably find him there.
（如果你到實驗室看看，可能會在那兒找到他。）

i3. He said he would <u>leave</u>, and he actually did so.
（他說他會離開，而他就真的走了。）

i4. The manufacturer will <u>raise the prices</u>, thus increasing their profits.
（製造商會提高價錢，藉此來增加他們的利潤。）

i1. 句中的 then 指前面的 tonight；i2. 句中的 there 指前面的 in the lab；i3. 句中的 so 指前面的 leave；i4. 句中的 thus 指前面的 raise the prices。

J. 介副詞

所謂介副詞指的是本身為介系詞形式但是作為副詞用的一種質詞 (particle)。[註8] 與介系詞不同，介副詞後不接受詞，它們主要的功能在於修飾動詞。試比較：

j1. John came in.

（約翰進來。）

j2. John was in the house.

（約翰在屋內。）

j1. 句中的 in 為介副詞，修飾其前的動詞 came；j2. 句中的 in 為介系詞，其後接 the house 作為其受詞。註9

我們再看幾個介副詞的例子。

j3. Please sit down.

（請坐下。）

j4. We went out last night.

（昨天晚上我們出去了。）

j5. Get up, you lazybones!

（起床了，你這懶骨頭！）

j6. Can you come over right now?

（你可以現在過來嗎？）

注意，介副詞常與一些簡單的動詞（多為單音節動詞）連用，構成所謂的雙字動詞 (two-word verb) 或片語動詞 (phrasal verb)，例如：

j7. Their car broke down.

（他們的車子拋錨了。）

j8. The plane <u>has taken off</u>.

（飛機已經起飛了。）

j9. Our plan <u>fell through</u>.

（我們的計畫失敗了。）

j10. <u>Hurry up</u>, or you'll be late.

（快一點，要不然你會遲到。）

j11. <u>Look out</u>! A car is coming this way.

（小心！有一輛車朝這邊開過來了。）

j12. <u>Stick around</u>! Wait until he comes back.

（待著！等到他回來。）

K. 焦點副詞

焦點副詞為極特殊的副詞，它們主要用來凸顯句子中的某一個字（包括動詞、形容詞、副詞、名詞、代名詞）或某一個結構（如介系詞片語或從屬子句）。常見的焦點副詞有：only、just、simply、merely、especially、particularly、even、mainly、chiefly、exactly 等。請看例句：

k1. I <u>only</u> hope he can return safely.

（我只希望他能夠安全地歸來。）

k2. She is not <u>just</u> beautiful; she is very competent.

（她不僅只是漂亮，她非常地能幹。）

k3. He's working <u>especially</u> hard today.

（他今天特別賣力工作。）

k4. Most people, particularly children, are afraid to go see a dentist.

（大部分的人，尤其是小孩，都害怕去看牙醫。）

k5. Even they, who are usually punctual, were late.

（連通常都很準時的他們也遲到了。）

k6. We arrived exactly at 9:00 a.m.

（我們在早上九點整抵達。）

k7. I didn't go with them mainly because I didn't feel very well.

（我沒有跟他們一起去主要是因為我覺得身體不太舒服。）

k1. 句中的 only 修飾其後的動詞 hope；k2. 句中的 just 修飾其後的形容詞 beautiful；k3. 句中的 especially 修飾其後的副詞 hard；k4. 句中的 particularly 修飾名詞 children；k5. 句中的 even 修飾代名詞 they；k6. 句中的 exactly 修飾表時間的介系詞片語 at 9:00 a.m.；k7. 句中的 mainly 修飾表原因的從屬子句 because I didn't feel very well。

　　注意，上面舉出的焦點副詞原則上並不限定於修飾某一種詞類或某一種結構，例如 only 也可用來修飾代名詞：

k8. Only you can do this.

（這件事只有你能做得到。）

或如 especially 也可用來修飾形容詞：

k9. My brother is not especially smart.
（我弟弟並不特別聰明。）

再如 even 也可用來修飾片語：

k10. That guy always wears a coat, even in hot summer.
（那個傢伙總是穿著外套，連在炎熱的夏天時都如此。）

又，only 也可用來修飾子句：

k11. We will cancel the picnic only if it rains or snows.
（只有在下雨或下雪的情況下，我們才會取消野餐。）

而 mainly 也可用來修飾名詞：

k12. Our customers are mainly office workers.
（我們的顧客主要是上班族。）

L. 句副詞

　　所謂句副詞指的是用來修飾整個句子的副詞。最常見的句副詞就是用來表示肯定和否定的 yes 和 no：

11. Yes, we are going to New Zealand tomorrow.
（是的，我們明天要去紐西蘭。）

12. No, I don't like Japanese food.
（不，我不喜歡日本料理。）

注意，有許多以 -ly 結尾的副詞也常作句副詞用，例如：

13. Fortunately, no one was hurt.
（幸運地，沒有人受傷。）

14. Naturally, we were disappointed that our team lost.
（當然，我們的球隊輸了我們很失望。）

15. Obviously, Jessica's father doesn't like Roger.
（很明顯地，潔西卡的爸爸並不喜歡羅傑。）

以 -ly 結尾常用來作句副詞的字還有：actually「事實上」、undeniably「不可否認地」、unfortunately「不幸地」、unexpectedly「意料之外地」、frankly「坦白地」、honestly「誠實地」、generally「一般地」、certainly「當然地」、absolutely「絕對地」、luckily「幸運地」、happily「令人高興地」、sadly「令人難過地」等等。

注意，也有些文法學家把發語詞也視為句副詞，例如：

16. Well, I think I've had enough to eat.
（嗯，我想我已經吃得差不多了。）

I7. Now, what exactly do you mean by that?
（那麼，你那句話到底是什麼意思？）

I8. So, you're quitting?
（這麼說，你不幹了？）

一般而言，句副詞多置於句首且最好用逗號標開：

I9. Unfortunately, our request was denied.
（不幸地，我們的要求未被獲准。）

而並非所有出現在句首的副詞都是句副詞，例如：

I10. Occasionally we go visit him.
（偶爾我們會去拜訪他。）

I11. Gradually the economy recovered.
（逐漸地經濟復甦了。）

I10. 句中的 Occasionally 為頻率副詞，I11. 句中的 Gradually 則屬情態副詞。注意，在這兩個副詞之後並不需加逗號。

註解

1 以下幾個字為例外：

sole「唯一的」　→　solely「唯一地」

agile「敏捷的」　→　agilely「敏捷地」

whole「完全的」　→　wholly「完全地」

2 以下幾個字為例外：

shy「害羞的」　→　shyly「害羞地」

dry「枯燥的」　→　dryly「枯燥地」

coy「忸怩的」　→　coyly「忸怩地」

3 下面這個字為例外：

public「公開的」　→　publicly「公開地」

4 有些母語人士並不喜歡這樣的形式，他們會選擇其他方式來表達副詞的功能。例如，他們不說：

She acted friendlily.

（她表現出友善的樣子。）

而說：

She acted in a friendly manner.

5 注意，由過去分詞轉變成副詞時，原念成 [d] 的 -ed 通常要念成 [ɪd]，再加 -ly。例如：

confused [kən`fjuzd]　→　confusedly [kən`fjuzɪdlɪ]

supposed [sə`pozd]　→　supposedly [sə`pozɪdlɪ]

6 若將 every 和 day 寫成一個字，則為形容詞。試比較：

❶ Traffic accidents occur <u>every day</u>.
（交通事故每天都會發生。）

❷ Traffic accidents are an <u>everyday</u> occurrence.
（交通事故是每天發生的事。）

7 有關對等連接詞與從屬連接詞的用法，請參閱本系列文法書第四冊「連接詞、介系詞與冠詞篇」。

8 所謂「質詞」指的是無詞形變化的字詞，例如：介系詞、連接詞和冠詞。

9 注意，因副詞屬「實詞」而介系詞為「功能詞」，故 j1. 中的 in 在口說時須重讀，j2. 中的 in 則輕讀即可。

第 **2** 章

副詞的功能與位置

　　從第 1 章對副詞種類所做的討論中我們知道，不同的副詞有不同的修飾對象。在本章中我們將針對不同功能的副詞與其相對應的位置做較深入的分析探討。另外，我們也會就與副詞相關的「倒裝句」做適當的說明。

1 修飾動詞之副詞及其位置

　　英文的副詞與動詞之間的關係最為密切。除了五種一般副詞外，屬特殊副詞的疑問副詞、替代副詞、介副詞與焦點副詞也都和動詞有關。一般而言，特殊副詞的位置較為固定，而一般副詞則可能出現在句子的不同位置。我們先看修飾動詞之一般副詞在句子中的位置。

　　一般副詞可出現在一個句子裡的三個不同位置：句尾、句首或句中。

A. 句尾位置

　　原則上，所有的一般副詞都可以出現在句尾：

a1. They are singing happily.
（他們正快樂地唱著歌。）

a2. I'm leaving tomorrow.
（我明天動身。）

a3. They decided to stay home.

（他們決定待在家裡。）

a4. She jogs often.

（她常慢跑。）

a5. He has recovered completely.

（他已經完全康復。）

a1. 句中的 happily 為情態副詞；a2. 句中的 tomorrow 為時間副詞；a3. 句中的 home 為地方副詞；a4. 句中的 often 為頻率副詞；a5. 句中的 completely 為程度副詞。

不過，雖然說所有的一般副詞都可以出現在句尾，但是真正常出現在句尾位置的卻只有情態副詞、時間副詞和地方副詞；事實上，頻率副詞與程度副詞置於句尾的狀況並不多見。而若情態副詞、時間副詞與地方副詞皆出現在句尾時，原則上依「地方副詞 + 情態副詞 + 時間副詞」的順序排列。例如：

a6. He came back angrily last night.

（他昨晚氣沖沖地回來。）

a7. She went upstairs quietly just now.

（她剛剛靜靜地上樓去了。）

但是這個順序並非絕對，例如 a6. 句也能說成：

a6'. He came back last night angrily.

而 a7. 句也可以改成：

a7'. She went <u>quietly</u> <u>upstairs</u> <u>just now</u>.

B. 句首位置

較常出現在句首的一般副詞為情態副詞、時間副詞和頻率副詞。請看例句：

b1. Carefully he put the Ming vase back on the shelf.
（他小心翼翼地把那個明代的花瓶放回架子上。）

b2. Yesterday we went to Taichung to visit Grandpa.
（昨天我們到台中探望爺爺。）

b3. Sometimes I drive to work.
（我有的時候會開車去上班。）

地方副詞與程度副詞較少置於句首位置。若將地方副詞置於句首，主詞與動詞必須對調位置。^{註1} 例如：

b4. Here comes the teacher.
（老師來了。）

b5. There sat an old man.
（那裡坐了一個老人。）

若將程度副詞置於句首，也須採用倒裝句型，例如：

b6.　Hardly did I notice that it was getting so late.

（我幾乎沒注意到時間已經那麼晚了。）

b7.　Little did he know that he was being followed.

（他並沒有意識到他被跟蹤。）

　　事實上當某些頻率副詞被置於句首時，也同樣需要用倒裝句，例如：

b8.　Never have I done such a thing before.

（我以前從來沒幹過這種事。）

b9.　Seldom do we see a design like this.

（我們很少看到像這樣的設計。）

（關於本節中所提及之倒裝句型的分析說明，請見本章最後一節「與副詞相關之倒裝句」。）

C. 句中位置

　　較常出現在句中的副詞為情態副詞、頻率副詞和程度副詞。情態副詞可置於動詞之前或之後，例如：

c1.　He willingly accepted the new assignment.

（他欣然地接受了新指派的工作。）

c2.　She walked slowly towards us.

（她慢慢地朝我們走過來。）

頻率副詞須置於普通動詞之前，例如：

c3. We often order pizza for lunch.

（我們常叫披薩當午餐。）

c4. She rarely wears jewelry.

（她很少戴珠寶首飾。）

但若動詞為 be 動詞或帶有助動詞，頻率副詞則置於 be 動詞或第一個助動詞之後，例如：

c5. He is often the first to arrive at the office.

（他經常是第一個到辦公室的人。）

c6. She is always talking about her boyfriend.

（她總是在說她男朋友的事。）

c7. We will never come to this restaurant again.

（我們永遠不會再到這家餐廳了。）

c8. I have rarely been invited to a dancing party.

（我很少被邀請參加舞會。）

與頻率副詞相同，程度副詞亦常置於普通動詞之前，助動詞之後，例如：

c9. I totally agree with you.

（我完全贊成你的意見。）

c10. We could barely hear what the speaker was saying.

（我們幾乎聽不見演講人在說什麼。）

地方副詞與時間副詞較少置於句中，但若句尾有其他修飾語，則另當別論，例如：

c11. She went downtown with her mother.

（她和她母親一起到市中心去。）

c12. He left immediately without saying a word.

（他一句話都沒說立刻就離開了。）

接下來，我們看與動詞相關之特殊副詞的位置。

D. 疑問副詞

與英文的其他疑問詞相同，疑問副詞基本上應置於句首：

d1. When did you see her?

（你什麼時候看到她？）

d2. Where do you want to sit?

（你要坐哪裡？）

d3. Why didn't you come?

（你為什麼沒有來？）

d4. How would you explain this?

（這你要如何解釋？）

但如果以疑問副詞引導的是「間接問句」，則疑問副詞會出現在句中位置：

d5. Tell me when you saw her.

（告訴我你什麼時候看到她。）

d6. I know where you want to sit.

（我知道你要坐哪裡。）

d7. Does he know why you didn't come?

（他知道你為什麼沒有來嗎？）

d8. I wonder how you would explain this.

（我不知道這這你要如何解釋。）

E. 替代副詞

用來代替動詞的替代副詞是 so，通常出現在句尾：

e1. He threatened to let go, and I'm afraid he might actually do so.

（他威脅說要鬆手，恐怕他真的會這麼做。）

但是，so 有時會出現在句中，例如：

e2. He threatened to let go, and if he actually did so, then we would all be in big trouble.

（他威脅說要鬆手，如果他真的鬆手，那我們就會全遭殃。）

有時候也會出現在句首，^{註2}例如：

e3. A: He actually let go.（他真的鬆手。）
B: So did she.（她也是。）

F. 介副詞

原則上介副詞應跟在動詞之後，若動詞後無其他修飾語，則介副詞出現在句尾；若動詞後有其他修飾語，則介副詞會在句中位置。請看例句：

f1. He sat down.
（他坐下。）
f2. He sat down beside me.
（他在我旁邊坐下來。）

由簡單動詞與介副詞構成的雙字動詞情況亦同：

f3. The plane is going to take off.
（飛機要起飛了。）
f4. The plane is going to take off in five minutes.
（飛機五分鐘之後要起飛。）

注意，有時雙字動詞可接受詞，此時介副詞可緊跟著動詞或置於受詞之後。^{註3}例如：

f5. Put on your coat.

（穿上你的外套。）

f6. Put your coat on.

（把你的外套穿上。）

G. 焦點副詞

修飾動詞的焦點副詞通常置於被修飾的動詞之前，也就是，居句中位置。請看例句：

g1. I just wanted to take a look.

（我只是想看一眼。）

g2. He even bought her a diamond ring.

（他甚至買了一只鑽戒給她。）

2 修飾形容詞之副詞及其位置

最常用來修飾形容詞的一般副詞為程度副詞，它們通常出現在被修飾的形容詞之前，例如：

h1. Tammy is a very happy little girl.

（泰咪是一個非常快樂的小女孩。）

h2. For a first-grader, Tommy is quite tall.

（就一個小一生而言，湯米蠻高的。）

注意，enough 為例外，它必須置於被修飾的形容詞之後：

h3. I don't think I'm good enough.

（我認為我不夠好。）

另外，由情態副詞轉變而成的程度副詞同樣也應置於形容詞之前，例如：

h4. The view is breathtakingly beautiful.

（這景緻真是美得令人驚嘆。）

h5. He is an overwhelmingly popular candidate.

（他是個超級受歡迎的候選人。）

可用來修飾形容詞的特殊副詞為疑問副詞和焦點副詞。我們先看疑問副詞的例子。

h6. How old are you?

（你幾歲？）

h7. How many people came?

（有多少人來？）

下面是焦點副詞的例子：

h8. You are even younger than me.[註4]

（你甚至比我還年輕。）

h9. What he said wasn't exactly right.

（他說的並非完全正確。）

從以上四個例句可知，修飾形容詞的特殊副詞與一般副詞相同，皆置於形容詞之前。

3 修飾副詞之副詞及其位置

原則上修飾副詞的副詞與修飾形容詞的副詞相同，即，程度副詞（包括由情態副詞轉用者）、疑問副詞以及焦點副詞。請看例句：

i1. They treat him rather cruelly.

（他們相當殘忍地對待他。）

i2. Their team played incredibly well last night.

（他們的球隊昨晚打得令人難以置信地好。）

i3. How soon can you get here?

（你多快可以到這裡？）

i4. Your answer is simply too short.

（你的回答實在是太簡短了。）

從上列四個例句可看出，修飾副詞的副詞應置於被修飾的副詞之前。

4 修飾名詞與代名詞之副詞及其位置

能夠用來修飾名詞或代名詞的副詞原則上為焦點副詞，例如：

j1. Asian peoples, particularly the Chinese, regard filial obedience as a virtue.

（亞洲人，特別是中國人，視孝順為一種美德。）

j2. Only you know how to deal with a guy like him.

（只有你知道如何應付像他那樣的傢伙。）

而事實上有一些所謂的強化詞與焦點副詞相同，同樣具有「凸顯」句中某些字詞的功效，而部分強化詞即可用來修飾名詞，例如：

j3. Lawrence is quite a gentleman.

（勞倫斯相當地有紳士風度。）

j4. It's almost time to leave.

（差不多是動身的時候了。）

另外，像用來表示否定的 not，有時也可用來修飾名詞或代名詞，例如：

j5. A: Who did this? （這是誰幹的？）

B: Not Jim / me. （不是吉姆／我。）

還有，用來表達「亦；也」的 too 同樣也可拿來修飾名詞或代名詞，例如：

j6. Ted / You too will have to go. [註5]

（泰德 / 你也必須得去。）

最後，有些表地方和時間的副詞有時也具「聚焦」之功能，例如：

j7. People there are all very nice.

（那邊的人都很好。）

j8. The hotels downtown are very expensive.

（市中心的旅館很貴。）

j9. In the discussion yesterday we didn't touch upon this issue.

（在昨天的討論中我們並沒有觸及這個議題。）

j10. I saw him an hour ago.

（我一個鐘頭之前看到他。）

注意，一般而言用來修飾名詞或代名詞的焦點副詞以及強化詞多置於名詞或代名詞之前，但是表示「亦；也」的 too 和地方及時間副詞須置於名詞或代名詞之後。

5 修飾片語或子句之副詞及其位置

可用來修飾片語或子句的副詞為焦點副詞。請看例句：

k1. I called just to remind you of our appointment.

（我打電話來只是想提醒你別忘了我們有約。）

k2. He stood right in the middle of the street.

（他站在街道的正中央。）

k3. She didn't come simply because she didn't want to come.

（她之所以沒有來只是因為她不想來。）

k4. He goes home only when he needs money.

（他只有在需要錢的時候才回家。）

上列 k1. 句中的 just 用來修飾其後的不定詞片語；k2. 句中的 right 用來修飾其後的介系詞片語；k3. 句中的 simply 用來修飾其後表原因的副詞子句；k4. 句中的 only 用來修飾其後表時間的副詞子句。

6 修飾全句之副詞及其位置

修飾全句的副詞為句副詞，最常見於句首位置：

11. Happily, he did not accept their offer.

（令人高興的是，他並沒有接受他們的提議。）

12. Actually, I would like to discuss this with my lawyer first.

（事實上，我想先和我的律師討論一下這件事。）

13. Frankly, I don't think your chances are very good.

（坦白說，我認為你的機會並不大。）

有時句副詞也會出現在句中或句尾。試比較下列三句：

14. <u>Unfortunately</u>, all their hard work ended in failure.

（不幸地，他們所有的努力全部付諸東流。）

15. All their hard work, <u>unfortunately</u>, ended in failure.

（他們所有的努力，很不幸，全部付諸東流。）

16. All their hard work ended in failure, <u>unfortunately</u>.

（他們所有的努力全部付諸東流，真是不幸。）

但是注意，由於許多句副詞是由情態副詞轉用，為了避免誤解，使用句中或句尾句副詞時應謹慎。例如，若將 11. 句中的 Happily 置於句中或句尾時就會產生不同的解讀：

17. He did not <u>happily</u> accept their offer.

（他並沒有很高興地接受他們的提議。）

18. He did not accept their offer <u>happily</u>.

（他並不是很高興地接受他們的提議。）

　　另外，同樣為了避免錯誤解讀，用來修飾全句的句副詞最好用逗號標開。試比較 I9. 句與 I10. 句：

I9. <u>Happily</u>, they came.

（令人高興的是，他們來了。）

I10. <u>Happily</u> they came.

（他們很高興地來了。）

由於 I9. 句中的 Happily 之後有逗號，讀者可以很明確的知道這是個修飾全句的副詞；[註6] 反之，因為 I10. 句中的 Happily 之後並未使用逗號，讀者極有可能將其視為修飾動詞 came 的情態副詞。

7 用來引導形容詞子句的關係副詞及其位置

　　由於形容詞子句的功用在於修飾其先行詞，因此關係副詞只會出現在句中位置：

m1. We are looking forward to the day <u>when</u> it will finally stop raining.

（我們在期待老天爺終於不再下雨的那一天。）

m2. My son is working at the company <u>where</u> I used to work.

（我兒子現在在我以前服務的公司上班。）

m3. Give me one good reason why you don't want to go
to college.

（給我一個你不想上大學的好理由。）

m4. Show me the way how this should be done.

（把該如何做這件事的方法示範給我看。）

8 用來聯結兩個獨立子句的連接副詞及其位置

　　連接副詞的主要功能在於聯結兩個原本各自獨立的子句，因
此很自然地應置於這兩個子句之間，也就是，句中。例如：

n1. Kate was sick; therefore, she didn't go with them.

（凱特生病了，因此她沒跟他們一起去。）

n2. He sat down silently; then, to everyone's surprise,
started to cry.

（他一言不發地坐下來，然後，令每一個人都很驚訝地，
開始哭了起來。）

n3. We did everything we could do to help him; still, he
failed.

（我們做了所有我們能夠做的來協助他，但他還是失敗
了。）

　　但是偶爾會看到連接副詞出現在句尾的情況，例如：

n1'. Kate was sick; she didn't go with them, therefore.

這是因為連接副詞本身並非連接詞，它們主要的功能在於語氣的「起承轉合」；n1'. 句中的分號（切記不可使用逗號）即具連接前後兩個句子的功能。

另外，我們也會看到連接副詞被置於句首的情況，例如：

n2'. He sat down silently. Then, to everyone's surprise, started to cry.
（他一言不發地坐下來。然後，令每一個人都很驚訝地，開始哭了起來。）

n3'. We did everything we could do to help him. Still, he failed.
（我們做了所有我們能夠做的來協助他。但，他還是失敗了。）

這是因為有些人喜歡或習慣利用連接副詞來作為句子與句子之間語氣的轉折。

9 與副詞相關之倒裝句

除了一般的疑問句之外，英文裡還有一種主詞與動詞位置對調的句型，在文法上稱為「倒裝句」，而有一類倒裝句與副詞的

位置息息相關。在本節中我們將針對這一類的倒裝句型做深入的分析與探討。註7

由我們在前幾節的討論中可以看出，雖然副詞在句子中可能出現在句首、句中或句尾位置，但是對大多數副詞而言，句中或句尾還是比較自然的位置，因為大多數的副詞都是用來修飾動詞、形容詞與其他副詞，而這些詞類通常並不出現在句首。然而就修辭而言，句首卻是最容易引起讀者或聽者注意的位置，因此為了要強調某些副詞的重要性，我們可以將它們由原來的位置移至句首。有趣的是，有些副詞可直接移至句首（如情態副詞）而不會影響原句中其他字詞的排列順序，但是有另外一些副詞（如部分程度副詞與頻率副詞）一旦被移至句首，原句的主詞與動詞就必須調換位置，而形成所謂的「倒裝句」。

依照母語人士使用英文的習慣，我們可以歸納出以下幾種必須使用倒裝句型的情況：A. 表「否定」概念的副詞移至句首時；B. 程度副詞 so 移至句首時；C. 焦點副詞 only 移至句首時；D. 地方副詞移至句首時。

A. 表「否定」概念的副詞移至句首

表否定意涵的字詞通稱為「否定詞」(negator)，而其中有許多都是副詞或可以作副詞用，包括 no、not、never、hardly、scarcely、rarely、seldom、little、neither 等，而當這類表否定的副詞被置於句首時，其後句子的主詞和動詞就必須倒裝。請看例句：

o1. Never <u>have I</u> seen him smoke or drink.

= I have <u>never</u> seen him smoke or drink.

（我從來沒看過他抽菸或喝酒。）

o2. Hardly <u>do I</u> go to the movies.

= I <u>hardly</u> go to the movies.

（我是幾乎不去看電影的。）

o3. Rarely <u>has he</u> experienced anything like this.

= He has <u>rarely</u> experienced anything like this.

（他鮮少經歷像這樣的事。）

注意，所謂的倒裝句型僅限於與被前移之副詞直接相關的子句，而不及於其他子句，例如：

o4. <u>No</u> sooner <u>had I</u> left the office than the phone started to ring.

= I had <u>no</u> sooner left the office....

（我才一離開辦公室電話就開始響了。）

o5. <u>Not</u> only <u>did she</u> make the promise, but she also kept it.[註8]

= She <u>not</u> only made the promise....

（她不僅做了承諾而且也履行了那個承諾。）

o6. Little <u>did he</u> know how his secretary treated the new employee.

= He <u>little</u> knew....

（他並不知道他的祕書是怎麼對待那個新員工的。）

B. 程度副詞 so 移至句首

程度副詞 so 也可移至句首來做強調，例如：

p1. So happy <u>was he</u> to have passed the exam.

= He was <u>so</u> happy to have passed the exam.

（他非常高興通過了考試。）

另外，so 也常與 that 連用構成連接詞組 "so ... that"，同樣地，這個 so 也可移至句首，而相關子句需採倒裝句型，如：

p2. So hungry <u>was he</u> that he finished the big hamburger in just fifteen seconds.

= He was <u>so</u> hungry....

（他肚子非常餓以致於才十五秒鐘就把那個大漢堡給吃完了。）

C. 焦點副詞 only 移至句首

焦點副詞 only 也常被置於句首來加強語氣，例如：

q1. Only through hard work and determination <u>can you</u> succeed in this business.

= You can succeed in this business <u>only</u> through hard work and determination.

（只有憑藉努力和決心你才能在這個行業中出人頭地。）

q2. <u>Only</u> when he had his own children <u>did he</u> realize how much his parents had scarified for him and his brothers.

= He realized ... <u>only</u> when he had his own children.

（只有在他有自己的小孩之後，他才了解他的父母曾爲他和他的兄弟們做了多少犧牲。）

注意，q2. 句裡一共有三個子句，only when he had his own children 應視爲一副詞結構，修飾主要子句的動詞 realized，故該主要子句必須採用倒裝句型。

D. 地方副詞移至句首

常被置於句首的地方副詞是 here 和 there：

r1. <u>Here</u> <u>is the list you requested</u>.
（這是你要求的清單。）

r2. <u>There</u> <u>stands the monument</u>.
（那兒矗立著紀念碑。）

注意，地方副詞置於句首時所採用的倒裝句型與其他一般的倒裝句不同；此時，不論動詞爲何種動詞，只要將主詞與動詞直接對調位置即可。

另外注意，事實上常移至句首的地方副詞多爲介系詞片語，例如：

r3. Inside the room <u>were</u> two chairs and a broken bed.

（房間裡面有兩張椅子和一張壞掉的床。）

r4. On the other side of the mountain <u>lies</u> the old village.

（那個舊村落就位於山的那一邊。）

同樣地，原句的主詞和動詞直接對調。

（介系詞片語作爲地方副詞的相關說明請見第 5 章「副詞片語」。）

註解

1 注意，若主詞爲人稱代名詞時則不需與動詞對調：

❶ Here <u>she</u> comes.

（她來了。）

❷ There <u>he</u> sat.

（他坐在那裡。）

2 表否定的 neither 亦同：

A: He didn't let go.（他沒鬆手。）
B: <u>Neither</u> did she.（她也沒有。）

3 但若受詞爲代名詞則介副詞只能置於受詞之後：

Put <u>it</u> on.
（把它穿上。）

4　注意，在本例中焦點副詞 even 修飾的是比較級的形容詞。

5　注意，表否定的 either 卻不能直接放在句中名詞或代名詞之後：

❶ The / You <u>either</u> will not have to go.（誤）
（泰德 / 你也不必去。）

而必須置於句尾：

❷ Ted / You will not have to go <u>either</u>.

但是在做簡短回應時則可：

❸ A: I don't want to go.（我不想去。）
　 B: Me <u>either</u>.（我也不想。）

6　在口說時則應在 Happily 之後稍微停頓一下。

7　在本系列文法書的最後一冊「文法與修辭」中，我們將進一步探討各類的倒裝句。

8　若 Not 原本就在句首則無所謂倒不倒裝的問題，如

<u>Not only you but also he</u> made the promise.
（不僅是你連他也做了承諾。）

事實上，本句中的 Not only you but also he 是動詞 made 的主詞。

第 **3** 章

副詞的比較

與形容詞相同，副詞也有比較的形式，而且同樣也分成三級：原級、比較級、最高級；另外，副詞之比較級與最高級的形成方式大致上也與形容詞之比較級與最高級相似。請看以下說明。

1 原級比較

同等之比較使用副詞的原級，但有肯定與否定之分。

A. 肯定同等比較

同等比較用 as ... as 表達：

a. Lucy sings as well as her sister (does).
（露西歌唱得和她姐姐一樣好。）

b. Henry runs as fast as his brother.
（亨利跑得跟他哥哥一樣快。）

B. 否定同等比較

否定同等比較用 not as / so ... as 表示：

c. Linda doesn't dance as / so well as Lucy.
（琳達舞跳得沒有露西那麼好。）

d. Harvey doesn't study as / so hard as Henry.
（哈維念書沒有亨利那麼用功。）

2 比較級比較

副詞的比較級比較也分優等比較和劣等比較兩種。

A. 優等比較

優等比較大多用 more ... than 來表達：

e. Jerry drives more carefully than Terry (does).
（傑瑞開車比泰瑞小心。）

f. Sarah dresses more elegantly than Sally.
（莎拉穿著比莎麗優雅。）

但若副詞為單音節字，則在其後加 -er，然後用 than：

g. Sally runs faster than Terry.
（莎麗跑得比泰瑞快。）

B. 劣等比較

劣等比較不論副詞音節多寡，一律使用 less ... than 表達：

h. Jody speaks less eloquently than Judy.
（裘蒂的口才沒有茱蒂流利。）

i. Judy acts less warmly than Jody.
（茱蒂的表現沒有裘蒂熱心。）

j. Sarah works less hard than Jerry.

（莎拉工作沒有傑瑞努力。）

3 最高級比較

副詞的最高級比較有兩種表現方式：the most (-est) / least ... of 和 the most (-est) / least ... in。請看例句：

k. Darren jumps the highest / least high of all the boys.

（達倫是所有男孩中跳得最高 / 不高的。）

l. Martin plays the most / least seriously in the team.

（馬丁是全隊中打得最認真 / 不認真的。）

但是，如果句子中沒有明顯比較的對象，定冠詞 the 可以省略不用。註1 例如：

m. This medicine works most effectively when taken after meal.

（這種藥在飯後服用效果最好。）

4 副詞比較級與最高級的形成方式

● 單音節及少數雙音節副詞在字尾加 **-er** 形成比較級，加 **-est** 形成最高級：

原　級	比較級	最高級
fast（快速地）	faster	fastest
hard（努力地）	harder	hardest
high（高地）	higher	highest
low（低地）	lower	lowest
late（遲地）	later	latest
soon（早／快地）	sooner	soonest
long（久地）	longer	longest
near（近地）	nearer	nearest
early（早地）	earlier	earliest
often（時常）	oftener	oftenest [註2]

● 大多數雙音節副詞及多音節副詞在其前加 **more** 形成比較級，加 **most** 形成最高級：

原　級	比較級	最高級
quickly（迅速地）	more quickly	most quickly
kindly（親切地）	more kindly	most kindly
safely（完全地）	more safely	most safely

原 級	比較級	最高級
bravely（勇敢地）	more bravely	most bravely
easily（容易地）	more easily	most easily
frequently（經常地）	more frequently	most frequently
carefully（小心地）	more carefully	most carefully
beautifully（美麗地）	more beautifully	most beautifully
specifically（明確地）	more specifically	most specifically
satisfactorily（滿意地）	more satisfactorily	most satisfactorily

● 不規則變化之副詞

原 級	比較級	最高級
well（好地）	better	best
badly（壞地）	worse	worst
much（多地）	more	most
little（少地）	less	least
far（遠地）	farther	farthest[註3]
	further	furthest

註解

1 事實上 most 本身就是個強化詞，除了用來表達最高級的比較之外，還可以用來表示「非常」(= very)，例如：

❶ It's <u>most</u> kind of you to come over yourself.
（你人真好，願意親自過來一趟。）

❷ He'll <u>most</u> probably get married this June.
（他非常有可能在今年六月結婚。）

在第一個句子中，most 用來修飾其後的形容詞 kind；在第二個句子中，most 則修飾其後的副詞 probably。

2 often 的比較級和最高級也可以用 more often 和 most often 表示，而且許多母語人士也比較喜歡這麼用。

3 與形容詞用法相同，farther 與 farthest 原則上是表「距離」，further 與 furthest 表「程度」。

第 **4** 章

易混淆及須注意的副詞

在英文裡有許多副詞語意相近但用法不同，也有些副詞字形相似但意義不同，很容易產生混淆，在本章中我們將以對照比較的方式，分析說明這些副詞的差異與正確用法。另外，我們也將討論幾個因字形特殊或因具特別用法，而容易造成錯誤或誤解的重要副詞。

1 易混淆的副詞

A. ago 與 before

ago 與 before 都表示「之前」，但是 ago 表達的是從「現在」算起的之前，而 before 表達的則是從「過去某一時間點」算起的之前。請看例句：

a1. He <u>came</u> back two days ago.
（他是兩天前回來的。）

a2. He told me yesterday that he <u>had come</u> back two days before.
（他昨天告訴我他是兩天之前回來的。）

注意，因為 a1. 句中的動詞表達的是「過去」的動作，所以用過去式 came；a2. 句中的動詞表達的是「過去的過去」之動作，因此使用過去完成式 had come。

B. already 與 yet

already 與 yet 都常與完成式連用，表達「已經」之意，但是 already 通常用於肯定句，而 yet 則須用於疑問句：

b1. She <u>has</u> already <u>finished</u> her homework.

（她已經做完功課了。）

b2. <u>Has</u> she <u>finished</u> her homework yet?[註1]

（她已經做完功課了嗎？）

另外，yet 也常用於否定句中，與否定詞 not 一起表達「尚未」之意：

b3. She has<u>n't</u> finished her homework yet.

（她還沒有做完功課。）

C. ever 與 once

在疑問句裡表「曾經」應用 ever，在肯定句中則用 once：[註2]

c1. Have you ever been to Paris?

（你有沒有去過巴黎？）

c2. I have been to Paris once.

（我曾經去過巴黎。）

注意，once 原意爲「一次」，但是在此亦作「曾經」解。切記，不可使用下面這種句子：

c3. I have <u>ever</u> been to Paris.（誤）

我們再看一個以 once 表「曾經」的例子：

c4. He once lived in Paris.
（他曾經住過巴黎。）

除了用在疑問句外，ever 也可用在否定句，例如：

c5. I have <u>never</u> (= <u>not ever</u>) seen him before.
（我以前從來沒見過他。）

c6. I <u>hardly</u> ever see him come out of his house.
（我幾乎沒有看過他走出家門。）

c7. It seems that <u>nothing</u> ever interests him.
（似乎從來沒有任何事會讓他感興趣。）

另外，ever 也可用在條件句中：

c8. <u>If</u> you are ever in Taipei, do come and see us.
（如果你有到台北來的話，一定要來看我們。）

D. sometimes 與 sometime ^{註3}

sometimes 指「有時候」；sometime 指「某個時候」。試比較下面兩個句子：

d1. I go to the movies sometimes.
（我有的時候會去看電影。）

d2. I'll go to the movies sometime next week.
（我下禮拜某個時候會去看電影。）

注意，sometimes 也常出現在句首或句中：

d3. Sometimes I walk to school, but usually I take a bus.
（有時候我會走路上學，但是通常我都搭公車。）

d4. I sometimes eat at the school cafeteria.
（我有時候會在學校的自助餐廳吃飯。）

sometime 則多出現在句尾：

d5. Let's get together sometime.
（咱們哪一天聚一聚。）

而在 sometime 之後常接其他的時間副詞：

d6. He left sometime <u>between 5 p.m. and 6 p.m.</u>

（他大約是下午五、六點的時候離開的。）

E. just 與 just now

　　副詞 just 用來表時間時可指「正要」、「正在」、「恰好」、「剛剛」等義，常與現在進行式、過去進行式、過去式與現在完成式連用。請看例句：

e1. I'm just getting started.

（我正要開始。）

e2. We were just talking about you.

（我們才正在談你呢。）

e3. You just missed him—he left only a moment ago.

（你恰巧錯過了他——他才剛離開。）

e4. I have just spoken to her.

（我剛剛才跟她說過話。）

　　just now 可用來指「此刻」或「剛才」，常與現在式、現在進行式、過去式或過去進行式連用。請看例句：

e5. He is busy just now, but he'll be free this afternoon.

（他此刻正在忙，但是他下午會有空。）

e6. I'm having lunch with my boss just now—I'll call you back later.

（我此刻正在和老闆吃午餐——我待會兒再打給你。）

e7. I saw her in the lobby just now.

（我剛才在大廳看到她。）

e8. What were you saying just now?

（你剛才說什麼？）

F. late 與 lately

late 指「遲；晚」，而 lately 指「近來；最近」。請看例句：

f1. I got up late this morning.

（我今天早上較晚起床。）

f2. I haven't seen him much lately.

（我最近不常看到他。）

注意，lately 只能作副詞，但是 late 可以當形容詞用：

f3. They returned in the late afternoon.

（他們傍晚的時候才回來。）

G. near 與 nearly

near 指「接近；靠近」，nearly 指「幾乎；差不多」。請看例句：

g1. The final examinations are drawing near, so study harder.

（期末考快到了，所以用功一點。）

g2. He fell into the river and nearly drowned.

（他掉到河裡，差一點淹死。）

nearly 只能當副詞，但是 near 可以作形容詞、介系詞或動詞用：

g3. We're planning to buy a house in the near future.

（我們正計畫在不久的將來買一棟房子。）

g4. Don't go near the water.

（不要太靠近水邊。）

g5. The new bridge is nearing completion.

（新的橋已將近完工。）

H. high 與 highly

high 指「高」、「高高地」或「在／向高處」；highly 指「評價極高地」、「極為重視地」或是作強化詞用指「非常」、「高度地」。請看例句：

h1. How high can you jump?

（你可以跳多高？）

h2. The eagle is soaring high in the sky.

（老鷹在高空中翔翔。）

h3. They speak highly of you.

（他們對你極為讚賞。）

h4. Dolphins are highly intelligent animals.

（海豚是非常聰明的動物。）

當然，highly 僅能當副詞，而 high 除了還可作形容詞用之外，有時還可以當名詞用：

h5. He is trying to climb over that high wall.

（他正努力想爬過那堵高牆。）

h6. The oil price has reached a new high.

（油價已創新高。）

I. very 與 much

very 和 much 都作程度副詞用，但是二者修飾的對象不同。首先，very 用來修飾原級形容詞或副詞，而 much 則用來修飾比較級形容詞或副詞：

i1. This room is <u>very big</u>.

（這個房間很大。）

i2. This room is <u>much bigger</u> than that one.

（這個房間比那一間大得多。）

i3. He doesn't drive <u>very carefully</u>.

（他開車不是很小心。）

i4. He drives <u>much less carefully</u> than his wife.

（他開車比他太太不小心得多。）

修飾最高級時可用 the very 或 much the：

i5. This one is <u>the very / much the</u> best of all.
（這一個是所有當中最好的。）

其次，very 不可用來修飾動詞，但是 much 可以：^{註4}

i6. You haven<u>'t</u> changed much over the years.
（這些年來你並沒有多大改變。）

注意，千萬不可使用下面這樣的句子：

i7. I <u>very</u> like basketball.（誤）
（我非常喜歡籃球。）

另外，雖然 very 不能直接修飾動詞，但是卻可以用來修飾 much：

i8. He likes baseball <u>very much</u>.
（他非常喜歡棒球。）

最後，very 除了用來修飾一般形容詞外，也用來修飾完全形容詞化的分詞，包括現在分詞和過去分詞：

i9. This is a <u>very boring</u> novel.

（這是本很無聊的小說。）

i10. I'm <u>very surprised</u> that you like it.

（我很驚訝你喜歡它。）

而 much 或 very much 則用來修飾未形容詞化的過去分詞：註5

i11. He was a <u>much loved and respected</u> person.

（他是個深受喜愛和尊敬的人。）

i12. Your efforts are <u>very much appreciated</u>.

（非常感謝你所做的努力。）

J. too 與 enough

too 和 enough 皆為程度副詞，但是 too 應置於被修飾的形容詞或副詞之前，而 enough 則須置於被修飾的形容詞或副詞之後：

j1. He is <u>too</u> old.

（他年紀太大了。）

j2. He is old <u>enough</u>.

（他年紀夠大了。）

j3. You drove <u>too</u> fast.

（你車開太快了。）

j4. You drove fast enough.

（你車開夠快了。）

有趣的是，如果在 too 和 enough 之後接不定詞的結構，會有「否定」結果和「肯定」結果的差異。試比較下面兩句話：

j5. He is too old to drive.

（他年紀太大不能開車了。）

j6. He is old enough to drive.

（他年紀夠大可以開車了。）

同樣的 to drive 在這兩個句子中表達完全相反的意思：在 j5. 裡 to drive 是「不能開車」，在 j6. 句裡卻指「可以開車」。

K. a little 與 little

a little 和 little 都可作為程度副詞，但是必須注意，a little 表達的是「肯定」的意思，而 little 則具「否定」意涵。試比較下列兩個句子：

k1. I slept a little this afternoon.

（我今天下午小睡了一會兒。）

k2. I slept little last night.

（我昨天晚上沒睡什麼覺。）

k1. 句相當於：

 k1'. I slept <u>some</u> this afternoon.

而 k2. 句則等同於：

 k2'. I didn't sleep <u>much</u> last night.

L. too 與 either

  too 和 either 都可用來表「亦；也」的概念，但若前文是「肯定」時應用 too，若前文為「否定」時則必須用 either；也就是說，either 其實表達的是「亦非；也不」之否定意涵。例如：

 I1. A: I love Italian food.
    （我非常喜歡義大利菜。）
    B: I love Italian food too. / Me too.
    （我也非常喜歡義大利菜。／我也是。）
 I2. A: I do<u>n't</u> like Japanese food.
    （我不喜歡日本料理。）
    B: I don't like Japanese food either. / Me either.
    （我也不喜歡日本料理。／我也不喜歡。）

  注意，下面這個句子是錯的：

13. I don't like Japanese food too.（誤）

（我也不喜歡日本料理。）

M. so 與 neither

so 和 neither 皆可作為替代副詞，但 so 用在肯定句，而
neither 用在否定句：

m1. I was there, and so were you.

（我當時在那兒，而你也在。）

m2. I wasn't there, and neither were you.

（我當時不在那兒，而你也不在。）

so 和 neither 都可用來接續對方的談話：

m3. A: We went to the concert last night.

（昨晚我們去聽了那場演唱會。）

B: So did I.

（我也去了。）

m4. A: We didn't go to the concert last night.

（昨晚我們沒有去聽那場演唱會。）

B: Neither did I.

（我也沒去。）

N. yes 與 no

yes 和 no 可能是最簡單、最常使用的兩個副詞，但是對於以中文為母語的人而言，必須特別注意否定疑問句的應答。例如，在回答以下句子時：

n1. Aren't you Japanese?
（你不是日本人嗎？）

若以 "Yes" 作答，則對方會認為你是日本人；如果你不是日本人，就應該答 "No"。英文的使用習慣是，若答 "Yes"，則跟在其後的句子須為肯定句；若答 "No"，則其後的句子就應為否定句：

n2. Yes, I am Japanese.
（是，我是日本人。）

n3. No, I am not Japanese.
（不，我不是日本人。）

記得，不可使用下面這樣的句子，雖然它符合中文的使用習慣：

n4. Yes, I am not Japanese.（誤）
（對，我不是日本人。）

2 須注意的副詞

O. every day

我們在第 1 章「副詞的種類」中就曾提到，作為副詞用時 every 和 day 必須分開，若寫成一個字 everyday，就成了形容詞了。試比較下面兩句話：

o1. We do these things every day.
（我們每天都做這些事。）

o2. These are our everyday routines.
（這些是我們每天的例行公事。）

P. nowadays

nowadays 指「時下；現今」，許多人都沒有注意字尾有 s，而常誤拼為 nowaday。nowadays 屬時間副詞，一般置於句尾：

p1. Cellphones are widely used nowadays.
（現今手機被廣泛地使用。）

也常置於句首：

p1'. Nowadays cellphones are widely used.

也可置於句中：

p1". Cellphones nowadays are widely used.

Q. indoors、outdoors

indoors 和 outdoors 皆屬地方副詞，用法如：

q1. Since it is raining, the children have to stay indoors.
（因為在下雨，所以孩子們只得待在屋內。）

q2. The rain has stopped, so they can play outdoors now.
（雨已經停了，所以他們現在可以到屋外玩了。）

注意，如果不加字尾的 s，這兩個字就成了形容詞：

q3. Table tennis is an indoor game.
（乒乓球是一種室內運動。）

q4. Tennis is an outdoor game.
（網球是一種戶外運動。）

R. overseas、upstairs

overseas 和 upstairs 可作副詞也可作形容詞。註6 下面兩例是副詞的用法：

r1. They lived overseas for many years.

（他們在國外住了很多年。）

r2. He ran upstairs to get his book.

（他跑上樓去拿他的書。）

以下兩句為形容詞用法：

r3. The exhibition attracted many overseas visitors.

（該展覽吸引了許多國外的參觀者。）

r4. She stayed in her upstairs room for hours.

（她在她樓上的房間裡待了好幾個鐘頭。）

S. forward(s)、backward(s)

forward 和 backward 可作副詞或形容詞用，但 forwards 和 backwards 一般則只作副詞：

s1. Please move forward(s).

（請往前移動。）

s2. He stepped backward(s).

（他向後退。）

s3. She made a forward movement.

（她做了一個向前的動作。）

s4. I took a backward step.

（我往後退了一步。）

T. maybe

maybe 為副詞，意思是「也許」。注意，maybe 是一個字，若拼寫成 may be 則成為助動詞 may 加上 be 動詞，指「可能是」。試比較：

t1. Maybe he is sick.
（也許他生病了。）

t2. He may be sick.
（他可能是生病了。）

U. anymore

現今的英文多把 any 和 more 合寫成一個字作為副詞用：

u1. Mr. Owen doesn't work here anymore.
（歐文先生已經不在這兒工作了。）

但是還是有些人習慣把它們分開寫，例如：

u2. The Owens don't live here any more.
（歐文一家人已經不住這裡了。）

不過，若分開寫則不一定當副詞用，例如：

u3.　I don't have any more time.
（我已經沒有多餘的時間了。）

u3. 句中的 any more 爲形容詞用法，修飾其後的 time。

V. altogether、already

altogether 和 already 皆爲副詞，不可與片語 all together 和 all ready 混淆。altogether 指「完全地」；all together 指「全部一起」：

v1.　You were not altogether wrong.
（你並非完全不對。）

v2.　Let's sing the national anthem all together.
（我們大家一起唱國歌。）

already 是「已經」的意思，而 all ready 是「全部準備好」：

v3.　They have already checked the engines.
（他們已經檢查過引擎了。）

v4.　The planes are all ready to take off.
（飛機全部都準備好要起飛了。）

W. alright

副詞 alright 基本上與片語 all right 同義，但有些人認為
alright 不夠正式而較喜歡用 all right。試比較：

w1. Alright, let's go!
（好，咱們走吧！）

w2. All right, let's go!
（好，咱們走吧！）

但是注意，作形容詞用時 all right 可以指「全部正確」，而
alright 則無此義：

w3. These figures are all right.
（這些數字全部正確。）

w4. These figures are alright.
（這些數字可以接受。）

X. this、that

我們在本系列之「名詞與代名詞篇」中曾提到，this 和
that 為指示代名詞 (demonstrative pronoun)，在本書第一部
分「形容詞」中我們則提到，this 和 that 可作為指示形容詞
(demonstrative adjective)，而事實上 this 和 that 還可以當指示副
詞 (demonstrative adverb) 用。請看例句：

x1. I have never stayed up this late before.

（我以前從來沒熬夜到這麼晚。）

x2. As a matter of fact, he wasn't that bad.

（事實上，他並沒有那麼糟。）

x1. 句中的 this 修飾其後的副詞 late；x2. 句中的 that 修飾其後的形容詞 bad。

Y. the

大家都知道 the 在英文裡基本上作定冠詞用，但事實上 the 也可作為程度副詞。例如：

y1. We love him all the better for his faults.

（正因為他有缺點，我們反而更愛他。）

y2. They tried hard to make me understand, but I was none the wiser.

（他們努力地想讓我了解，但是我就是弄不明白。）

y1. 句中的 the 用來修飾其後的比較級副詞 better；y2. 句中的 the 用來修飾其後的比較級形容詞 wiser。

程度副詞 the 也常出現在所謂雙重比較 (double comparative) 的特殊句型當中：

y3. <u>The higher</u> you climb, <u>the colder</u> it gets.
（你爬得越高，天氣就越冷。）

y4. <u>The less</u> we know, <u>the happier</u> we are.
（我們知道得越少，就越快樂。）

注意，雙重比較中前一個子句的 The 一般視為關係副詞，第二個子句的 the 則為程度副詞。註7

Z. there

在「副詞的功能與位置」一章中我們曾提到，地方副詞 there 可移至句首，但句子的主詞與動詞必須對調位置：

z1. There <u>is</u> <u>the man</u> with the gun.
（帶著槍的那個人在那裡。）

注意，不可將這類地方副詞 there 置句首的句子與下面這種所謂的「存在句」(existential sentence) 混淆。

z2. There is a man with a gun.
（有一個人帶著一把槍。）

存在句指的是以虛字 (expletive) there 加上 be 動詞，置於句首，用來表達「（在某處）有某人、事、物存在」的句子。註8 由於這

個 there 為虛字，本身並無意義，只是用來作為句子的「假主詞」(dummy subject)，故不可與 z1. 句中的地方副詞 there（指「那裡」）相提並論。註9 正因如此，若我們在 z2. 句句尾加上地方副詞，可使句意更加完整，例如：

z3. There is a man with a gun <u>here</u>.
（這裡有一個人帶著一把槍。）

z4. There is a man with a gun <u>there</u>.
（那裡有一個人帶著一把槍。）

z5. There is a man with a gun <u>at the door</u>.
（門口有一個人帶著一把槍。）

反之，如果我們在已經表明地方（那裡）的 z1. 句之後再加上地方副詞，句子就會很奇怪，甚至產生矛盾：

z6. <u>There</u> is the man with the gun <u>here</u>.（？）

z7. <u>There</u> is the man with the gun <u>there</u>.（？）

z8. <u>There</u> is the man with the gun <u>at the door</u>.（？）

這三個句子會讓讀者或聽者弄不清到底帶槍的人在哪裡。z6. 最為矛盾——先說在「那裡」(There)，又說在「這裡」(here)；z7. 則沒有必要地重複了「那裡」(there)；z8. 稍好一些，但仍然不理想，如稍加調整成為下句則可接受：

z9. There is the man with the gun—<u>at the door</u>.

（帶著槍的人在門口那裡。）

因為如此一來 there 與 at the door 就不衝突了。我們可以說介系詞片語 at the door 用來補充修飾 there；也就是說，在句尾加上的 at the door 清楚地指出 there 的精確位置。

註解

1 當說話者對所發生的事表示「驚訝」或感到「意外」時，則會以 already 來取代 yet：

Has she finished her homework <u>already</u>?
（她已經做完功課了？！）

2 但若句子涉及「比較」時，則不在此限：

❶ He is as great a statesman as <u>ever</u> lived.（原級）
（他是前所未有的偉大政治家。）

❷ You look more beautiful than <u>ever</u>.（比較級）
（妳看起來比以往還美麗。）

❸ She's the smartest girl I've <u>ever</u> met.（最高級）
（她是我碰到過最聰明的女孩。）

3 注意，這兩個字都不可分開寫，否則會產生誤解：

some times → 「幾次」
some time → 「一些時間」

4 此時 much 多用於否定句（如 i6. 句所示），但有時也可用在肯定句：

I would <u>much</u> prefer to stay at home.
（我更希望待在家裡。）

5 形容詞化與未形容詞化分詞之相關說明請參見本系列文法書「動詞篇」之第 9 章「分詞」。

6 英式英文裡也有以 oversea 作副詞與形容詞的用法；另外，有些人會用 upstairs 作副詞，而用 upstair 作形容詞。

7 我們將會在本系列文法書最後一冊「文法與修辭」一書中詳細討論「雙重比較」的相關問題。

8 有關「存在句」的進一步討論也請見「文法與修辭」一書。

9 職是之故，在口說時 z1. 句中的 There 應念重，而 z2. 句的 There 輕讀即可。

第 5 章

副詞片語

　　在前幾章的說明中，我們一直把重點放在「副詞」本身的功能與用法上，而刻意避開「副詞片語」及「副詞子句」的討論。這當然不表示副詞片語與副詞子句不重要；相反地，由於副詞在句中所扮演之角色的多元性，連帶使得副詞片語與副詞子句的種類與內涵更加豐富。在以下兩章中我們將分別就這兩種結構做詳盡的分析討論。我們先看副詞片語。

　　副詞片語可分成三類。第一類副詞片語由一個副詞為中心，加上其他相關修飾語而形成。第二類副詞片語為所謂功能性副詞片語，即由非副詞之結構依其在句中之功能而成之。最後一類副詞片語則為慣用語，這些慣用語的文法結構不一，但與第二類副詞片語相同，它們在句子中扮演的是副詞的角色。

1 以副詞為主體的副詞片語

　　以副詞為主體的副詞片語以一個中心副詞 (head adverb) 為重心，加上其修飾語而成。一般而言，修飾語多出現在副詞之前 (pre-head modifier)，例如：

a1. His new book is extremely well written.

（他的新書寫得極佳。）

a2. Ever so carefully, the policeman took the bomb out of the restaurant.

（極度小心地，那名警察把炸彈拿出那家餐廳。）

在 a1. 句中修飾中心副詞的 extremely 出現在中心副詞 well 之前；在 a2. 句中修飾中心副詞的 Ever so 出現在中心副詞 carefully 之前。

但是有時修飾語也會出現在副詞之後 (post-head modifier)，例如：

a3. This computer is not good <u>enough for office use</u>.

（這台電腦作辦公用途不夠好。）

a4. <u>Unfortunately for him</u>, he lost another son.

（對他而言很不幸地，他又失去了一個兒子。）

a3. 句中修飾中心副詞的 for office use 出現在中心副詞 enough 之後；a4. 句中修飾中心副詞的 for him 出現在中心副詞 unfortunately 之後。

② 功能性副詞片語

具副詞功能的片語有：介系詞片語、不定詞片語與分詞片語。我們先看介系詞片語的用法。

A. 介系詞片語

介系詞片語可用來修飾動詞、形容詞、副詞及全句。下列各

句中的介系詞片語為動詞修飾語：

b1. The game will start at 3 p.m.
（球賽將於下午三點開始。）

b2. Come sit beside me.
（過來坐我旁邊。）

b3. He is talking to his wife.
（他正在和他太太說話。）

b4. We're ready to die for our country.
（我們已經準備好為國捐軀了。）

b5. He paints with his fingers.
（他用手指作畫。）

下列幾句中的介系詞片語修飾形容詞：

c1. Julie is good at singing.
（茱莉很會唱歌。）

c2. I'm not interested in math.
（我對數學不感興趣。）

c3. She's not suitable for you.
（她不適合你。）

c4. Little Willie is afraid of big dogs.
（小威利很怕大狗。）

c5. He's not satisfied with his grades.
（他對自己的成績不滿意。）

下列幾句中的介系詞片語修飾副詞：

d1. The plane arrived late <u>at night</u>.

（飛機深夜才抵達。）

d2. We left early <u>in the morning</u>.

（我們一大早就動身了。）

d3. Stay away <u>from me</u>.

（離我遠一點。）

d4. He is running ahead <u>of us</u>.

（他跑在我們前面。）

d5. They went out <u>into the garden</u>.

（他們走出去到花園裡。）

下列各句中的介系詞片語則用來修飾全句：

e1. <u>To everyone's surprise</u>, he failed the test.

（令大家非常驚訝地，他考試竟然沒有通過。）

e2. <u>For all I know</u>, their team will win.

（就我所知，他們那一隊會贏。）

e3. <u>In your opinion</u>, what should we do?

（依你看，我們該怎麼做？）

e4. <u>On second thought</u>, maybe I should go with you.

（我再想想，或許我應該跟你一起去。）

e5. <u>With that in mind</u>, let's move on to the next item.

（把這一點擱在心頭的同時，讓我們進行下一個項目的討論。）

B. 不定詞片語

　　不定詞片語可以用來修飾動詞、形容詞、副詞及全句。以下句中之不定詞片語用來修飾動詞：

f1. He came to see my brother.
（他來看我哥哥。）

f2. I ran to catch the bus.
（我跑著去趕公車。）

f3. I'm calling to confirm my reservation.
（我打電話來確認我的訂房。）

以下句中之不定詞片語修飾形容詞：

g1. This car is easy to drive.
（這輛車很好開。）

g2. I'm sorry to bother you.
（很抱歉打擾你。）

以下句中之不定詞片語修飾副詞：

h1. He is old enough to decide for himself.
（他夠大了，可以自己做決定。）

h2. It is too cold to swim.
（天氣太冷了，不能游泳。）

以下句中之不定詞片語則用來修飾整個句子：

i1. <u>To be honest</u>, I really don't like him.

（老實說，我真的很不喜歡他。）

i2. <u>To begin with</u>, you need to know who you're dealing with.

（首先，你必須知道跟你交手的是什麼人。）

注意，並非所有出現在句首用逗號標開的不定詞片語都用來修飾全句。有些句首的不定詞片語其實是由句尾移至句首的，這種前移的不定詞多用來表示「目的」，[註1] 例如：

i3. <u>(In order) to succeed</u>, you must work hard.

（為了要成功，你必須努力工作。）

是從

i4. You must work hard <u>(in order) to succeed</u>.

轉變而來，而 (in order) to succeed 即 work hard 的「目的」；也就是說，(in order) to succeed 修飾的是 work hard 而非全句。

C. 分詞片語

分詞片語通常不直接用來修飾動詞、形容詞或副詞，但是有

些特殊的分詞片語可用來修飾整個句子。例如：

j1. <u>Strictly speaking</u>, she is not fully qualified.

（嚴格講，她並不完全合格。）

j2. <u>Provided that you pay me back tomorrow</u>, I'll lend you the money.

（如果你明天就還我，我可以把錢借給你。）

　　注意，不可將這類分詞片語與所謂的「分詞構句」(participial construction) 混淆。分詞構句是由副詞子句減化而成，可用來表「時間」、「原因」、「條件」、「讓步」等，例如：

j3. <u>Opening the door</u>, he saw a strange man sitting on the couch.

（他一打開門，看見一個陌生人坐在長沙發上。）

是由

j4. <u>When he opened the door</u>, he saw a strange man sitting on the couch.

減化而來。又，

j5. <u>Compared with the old one</u>, the new model is a lot lighter.

（與舊的相比，新的機型輕得多。）

是由

j6. <u>If it is compared with the old one</u>, the new model is a lot lighter.

減化而來。^{註 2}

3 慣用語

英文裡有許多用來作副詞用的習慣用語，例如：

k1. I'll be working full-time <u>from now on</u>.
（從現在開始我將全職工作。）

k2. The car flipped in the air and landed <u>upside down</u>.
（車子在空中翻滾，然後掉下來，四輪朝天。）

k3. We will do it <u>step by step</u>.
（我們會一步一步地做。）

慣用語的形成方式很多，在文法上很難規範，不過從它們所

表達的意涵來看，大致可分為下列三大類。

A. 與「時間」有關的慣用語

例如：

(every) now and then「時而」、「有時」

once in a while「偶爾」、「間或」

once upon a time「從前」

day after day「日復一日」

day in, day out「天天地」

all of a sudden「突然地」

as soon as possible「盡快地」

B. 與「地方」有關的慣用語

例如：

up and down「上下」

back and forth「前後」

face to face「面對面」

back to back「背靠背」、「連續地」

inside out「裡朝外」

all the way「從頭到尾」

the other way around「顛倒過來」

C. 與「方法、方式」有關的慣用語

例如：

hand in hand「手牽手地」

(from) door to door「挨家挨戶地」

head over heels「倒栽蔥地」

on and on「持續不斷地」

again and again「一次又一次地」

one by one「一個接一個地」

all in all「總的來說」、「從各方面來看」

註解

1 詳見本系列文法書「動詞篇」之「不定詞」一章。

2 分詞構句與副詞子句之相關說明請見「動詞篇」之「分詞」一章及本書最後一章「副詞子句」。

6

第　　　章

副詞子句

在一個句子裡被用來作副詞用的子句就稱之為副詞子句
(adverbial clause)。與名詞子句及形容詞子句相同，副詞子句也
屬從屬子句，通常用來修飾主要子句中的動詞、形容詞或副詞。
在本章中我們將針對副詞子句的功能與位置及副詞子句的分類，
做詳細的分析說明。另外，我們也將就上一章中提到的副詞子句
之減化做較深入的探討。

1 副詞子句的功能與位置

在句子中以從屬連接引導，用來修飾主要子句中的動詞、形
容詞或副詞之從屬子句即為副詞子句。例如：

a. We waited <u>until the rain stopped</u>.
（我們一直等到雨停。）

b. <u>Although he is poor</u>, he is happy.
（雖然他很窮，但是他很快樂。）

c. I was so angry <u>that I didn't want to talk to anyone</u>.
（我氣得不想跟任何人說話。）

a. 句中由從屬連接詞 until 所引導的副詞子句用來修飾主要子句
的動詞 waited；b. 句中由從屬連接詞 Although 引導的副詞子句
修飾主要子句中的形容詞 happy；c. 句中由從屬連接詞 that 引導
的副詞子句則修飾主要子句中的副詞 so。

一般而言，副詞子句最常出現的位置是在句尾：

d. Ask him to come to my office <u>when he returns</u>.

（他回來的時候，叫他到我辦公室來。）

e. I didn't go to school <u>because I was sick</u>.

（因為我生病了，所以沒有去上學。）

f. You won't pass the exam <u>unless you study harder</u>.

（除非你更努力用功，否則考試不會通過。）

但是如果要強調副詞子句，可將副詞子句置於句首，同時可在其後加上逗號與主要子句分隔，例如 d.、e.、f. 句可改成：

d'. <u>When he returns</u>, ask him to come to my office.

e'. <u>Because I was sick</u>, I didn't go to school.

f'. <u>Unless you study harder</u>, you won't pass the exam.

不過，並非所有的副詞子句都合適移至句首。例如前面 c. 句中的 that I didn't want to talk to anyone 就不應置於句首：

c'. <u>That I didn't want to talk to anyone</u>, I was so sorry.（誤）

這是因為該句中使用了所謂的相關字組 (correlative) so ... that「如此……以致於」，我們並沒有理由將之任意拆解。另外，像表達「以較」的副詞子句也不適合前移。試比較：

g. The car cost more <u>than I had expected</u>.

（那輛車比我預期的要貴。）

g'. <u>Than I had expected</u>, the car cost more. （誤）

最後，在極少數的情況下，副詞子句偶爾會出現在句中。出現在句中的副詞子句通常屬臨時性的插入，因此前後必須用逗號標開，例如：

h. You may, <u>after you've finished your homework,</u> go out and play.

（你可以，在你把功課做完之後，出去外面玩。）

i. He was, <u>as we remember him,</u> a man of integrity.

（他是個，正如我們所記得的，非常正直的人。）

2 副詞子句的分類

由於副詞子句與主要子句之間所呈現的邏輯關係極富變化，因此一般都會依照引導副詞子句之連接詞所表達的不同意涵來區分副詞子句種類。在本書中我們將副詞子句分成十種類型，分別介紹於下。

A. 表時間的副詞子句

用來引導表時間之副詞子句的從屬連接詞包括：when、

while、as、before、after、until、since、once 等。請看例句：

j1. The children were sleeping <u>when he got back</u>.

（他回來的時候，孩子們正在睡覺。）

j2. The police came <u>while I was having my supper</u>.

（我正在用晚餐的時候，警察找上門來。）

j3. The guys all whistled <u>as Lisa walked past</u>.

（麗莎走過的時候，男生們都大吹口哨。）

j4. Don't forget to shut down the computer <u>before you leave the office</u>.

（你離開辦公室之前，別忘了把電腦關掉。）

j5. We went out for a walk <u>after we finished the work</u>.

（工作做完之後，我們出去散了個步。）

j6. They won't start <u>until you get here</u>.

（等你來的時候，他們才會開始。）

j7. Kyle has been very unhappy <u>since he left his hometown</u>.

（自從離開家鄉之後，凱爾一直都很不快樂。）

j8. You'll feel better <u>once you get used to it</u>.

（一旦你習慣了，你就會覺得好多了。）

有兩點要注意。第一，上列各句中的時間副詞子句皆可移至句首：

j1'. <u>When he got back</u>, the children were sleeping.

j2'. <u>While I was having my supper</u>, the police came.

j3'. <u>As Lisa walked past</u>, the guys all whistled.

j4'. <u>Before you leave the office</u>, don't forget to shut down the computer.

j5'. <u>After we finished the work</u>, we went out for a walk.

j6'. <u>Until you get here</u>, they won't start.

j7'. <u>Since he left his hometown</u>, Kyle has been very unhappy.

j8'. <u>Once you get used to it</u>, you'll feel better.

　　第二，雖然以上每一個句子中的副詞子句都表時間，但是必須注意每一個連接詞所表達的邏輯內涵不盡相同。我們特別要說明的是由 when、while 和 as 這個連接詞所引導的子句。由 when 所引導之子句所表達的時間較為廣義，可用來指一特定時間或一段期間，例如：

j9. <u>When I got to the station</u>, they had already left.
（我到車站的時候，他們已經離開了。）

j10. <u>When I was in Hong Kong</u>, I met many old friends.
（我在香港的期間，碰到了許多老朋友。）

用 while 所引導的子句則強調持續的時間，例如：

j11. <u>While I was staying in Hong Kong</u>, I met many old friends.

（在我待在香港的那段期間，碰到了許多老朋友。）

職是之故，j10. 中的 When 事實上可以用 While 代替：

j10'. <u>While</u> I was in Hong Kong, I met many old friends.

反過來說，j11. 中的 While 亦可用 When 來取代：

j11'. <u>When</u> I was staying in Hong Kong, I met many old friends.

但是 j9. 句中的 When 卻不可代換成 While：

j9'. <u>While</u> I got to the station, they had already left. （誤）

由連接詞 as 所引導的子句則多用於表達「同時性」：

j12. <u>As I listened to his story</u>, I grew more and more absorbed.

（聽著他說故事，我愈聽愈入神。）

j13. <u>As he was washing the car</u>, his wife was preparing a meal.

（在他洗車的同時，他太太在做飯。）

注意，由於 j13. 句中的 As he was washing the car 表達的是動作的「持續」狀態，因此可以用 While 來代替 As：

j13'. While he was washing the car, his wife was preparing a meal.

另，也因持續的動作會維持「一段時間」，故也可用 When 來代替 As：

j13". When he was washing the car, his wife was preparing a meal.

時間子句除了用上面介紹的單純連接詞來引導外，還可以使用複合連接詞 whenever 和片語連接詞 as soon as、as long as 等。例如：

j14. You can come whenever you want.
（你隨時都可以來。）

j15. As soon as I hear from him, I'll contact you.
（我一有他的消息，就會跟你聯絡。）

j16. We will continue to fight as long as we live.
（只要我們活著，我們就會繼續奮鬥。）

另外，也要注意幾個包含連接詞的相關字組，如 no sooner ...

than、hardly ... when、not ... until 等。請看例句：

j17. We had no sooner reached the mountain top than it began to snow.

（我們一到達山頂就開始下雪。）

j18. I had hardly entered the office when the phone rang.

（我才進辦公室電話就響了。）

j19. The mother did not leave until the baby fell asleep.

（一直到寶寶睡著那位母親才離開。）

有趣的是，以上三句中的副詞部分皆可移至句首，但正如我們在第二章中提過的，一旦這些副詞被移前，則該子句須採倒裝：

j17'. No sooner had we reached the mountain top than it began to snow.

j18'. Hardly had I entered the office when the phone rang.

j19'. Not until the baby fell asleep did the mother leave. 註1

B. 表地方的副詞子句

用來引導表地方之副詞的連接詞主要是 where 和 wherever。請看例句：

k1. They live where we used to live.

（他們住在我們以前住的地方。）

k2. He was followed by reporters <u>wherever</u> he went.
（不管他到哪裡都有記者跟著他。）

表地方的副詞子句也會出現在句首，例如：

k3. <u>Where there is no electricity</u>, life can be very inconvenient.
（沒有電的地方，生活會很不方便。）

k4. <u>Wherever there was trouble</u>, Joey was sure to be there.
（只要是有麻煩的地方，總是看得到喬伊。）

另外，也有將 everywhere、anywhere、somewhere 等複合字當連接詞的用法。請看例句：

k5. The little boy goes everywhere his mother goes.
（他媽媽去哪裡這個小男孩就到哪裡。）

k6. You may sit anywhere you like.
（你喜歡坐哪就坐哪。）

k7. Let's go somewhere we can talk.
（咱們找個可以說話的地方。）

C. 表原因或理由的副詞子句

常用來引導表原因或理由之副詞子句的從屬連接詞為 because、since 和 as。請看例句：

11. The Changs had to move <u>because their house was to be torn down</u>.

（張家人必須搬家，因為他們的房子要被拆掉。）

12. We won't be able to buy the house <u>since we don't have enough money</u>.

（我們沒辦法買那棟房子，因為我們沒有足夠的錢。）

13. You can't leave without an umbrella <u>as it is raining hard outside</u>.

（你要走可不能不帶把傘，因為外面雨下得很大。）

表原因、理由的副詞子句經常置於句首：

11'. <u>Because their house was to be torn down</u>, the Changs had to move.

（因為他們的房子要被拆掉，所以張家人必須搬家。）

12'. <u>Since we don't have enough money</u>, we won't be able to buy the house.

（因為我們沒有足夠錢，所以沒辦法買那棟房子。）

13'. <u>As it is raining hard outside</u>, you can't leave without an umbrella.

（因為外面雨下得很大，所以你要走可不能不帶把傘。）

注意，雖然 because、since 和 as 都用來表原因，但是三者的用法不完全相同。一般而言，because 多用來回答 why，例如：

14. A: <u>Why</u> did you get up so early?

（你為什麼那麼早起床？）

B: (I got up early) <u>because</u> I have a plane to catch.

（〔我早起床〕因為我要趕飛機。）

since 和 as 則通常用來表達對方已知的原因，因此常作「既然」解：註2

15. <u>Since we have finished everything</u>, why don't we all go home and rest?

（既然我們把所有的事都做完了，大家何不回家休息？）

16. <u>As you have heard the story so many times</u>, I will not repeat it.

（既然這個故事你們聽過那麼多次，我就不再重複了。）

另外，我們也可以注意以下幾個用來引導表原因或理由之副詞子句的片語或連接詞：for the reason that、on the ground that、now that、seeing that。請看例句：

17. He was expelled from school <u>for the reason that he had missed too many classes</u>.

（他因為缺太多課而遭學校開除。）

18. Her application was rejected <u>on the ground that her English was not good enough</u>.

（她的申請被拒絕，理由是她的英文不夠好。）

I9. <u>Now that you are here</u>, I guess we can start the meeting.

（既然你來了，我想我們可以開始開會了。）

I10. <u>Seeing that nobody wanted to watch TV</u>, he just turned it off.

（由於沒有人想看電視，所以他就把它關了。）

D. 表條件的副詞子句

肯定的條件一般用 if 引導，[註3] 否定的條件則用 unless 引導：

m1. I'll tell him you're looking for him <u>if I see him</u>.

（如果我看到他會告訴他你在找他。）

m2. We'll go biking tomorrow <u>unless it rains</u>.

（除非明天下雨，否則我們會去騎腳踏車。）

條件子句亦經常置於句首：

m1'. <u>If I see him</u>, I'll tell him you're looking for him.

m2'. <u>Unless it rains</u>, we'll go biking tomorrow.

注意，unless 相當於 if ... not，[註4] 故 m2. 相當於：

m3. We'll go biking tomorrow <u>if</u> it does <u>not</u> rain.

而 m2'. 則相當於：

m3'.　If it does <u>not</u> rain, we'll go biking tomorrow.

除了 if 和 unless 之外，以下幾個片語連接詞也可以用來引導表條件的副詞子句：in case、on condition (that)、in the event (that)、provided / providing (that)、as / so long as。請看例句：

m4.　Take a coat with you <u>in case it gets colder at night</u>.
（帶件外套以防晚上會變冷。）

m5.　I'll let you go <u>on condition (that) you come home before 10:00</u>.
（如果你十點前回家，我就讓你去。）

m6.　<u>In the event (that) the meeting is called off</u>, we'll notify you.
（如果會議取消的話，我們會通知你。）

m7.　I'll go to the game <u>provided / providing (that) I can get somebody to cover for me</u>.[註5]
（如果我能找到人幫我代班，我就會去看比賽。）

m8.　<u>As / So long as you're happy</u>, do whatever you want.
（只要你高興，你想做什麼就做什麼。）

E. 表讓步的副詞子句

所謂「讓步」(concession) 指的是「退一步說」之意。最常

用來引導讓步子句的連接詞爲 though 和 although。請看例句：

n1. I couldn't fall asleep <u>though</u> I was very tired.

（雖然我很累，但是卻睡不著。）

n2. This car is in excellent condition <u>although</u> it is very old.

（雖然這輛車很老舊，但車況相當好。）

一般而言 though 等於 although，[註6] 而且兩者皆可置於句首：

n1'. <u>Though I was very tired</u>, I couldn't fall asleep.

n2'. <u>Although it is very old</u>, this car is in excellent condition.

另外，用片語連接詞 even though 引導的讓步子句也相當普遍：

n3. He likes her a lot <u>even though</u> he wouldn't admit it.

（縱使他不願承認，但是他非常喜歡她。）

而且 even though 亦可置於句首：

n3'. <u>Even though he wouldn't admit it</u>, he likes her a lot.

但是要注意，雖然 though 等於 although，但是並沒有 even although 這種用法：

n4. He likes her a lot <u>even although</u> he wouldn't admit it. （誤）

接下來介紹兩個常被用來引導對比性較強的讓步子句之連接詞：while 與 whereas。請看例句：

n5. <u>While</u> some people enjoy eating fat meat, many people <u>hate</u> it.

（雖然有一些人喜歡吃肥肉，然而卻有許多人討厭肥肉。）

n6. <u>Whereas</u> some people are getting <u>richer</u>, more people are getting <u>poorer</u>.

（儘管有些人越來越有錢，但是有更多的人卻是越來越窮。）

最後，我們來看兩組具分詞形式的片語連接詞，它們是 granted / granting (that) 和 admitted / admitting (that)。

n7. <u>Granted / Granting (that)</u> you had a good reason to do that, it was still an illegal action.

（縱使你那麼做是合情理的，但那仍然是違法的行為。）

n8. <u>Admitted / Admitting (that)</u> what you say is true, we still cannot make an exception.

（即使承認你所說的都是真的，我們還是不能破例。）

F. 表程度或範圍的副詞子句

常用來引導表程度範圍之子句的連接詞為 as。請看例句：

o1. It gets bigger <u>as we come nearer</u>.
（隨著我們愈靠近，那個東西就變得愈大。）

o2. <u>As he gets older</u>, he becomes more and more like his father.
（隨著年齡增長，他愈來愈像他父親。）

如 o1.、o2. 句所顯示，由 as 所引導的子句可置於句尾，也可以置於句首。

as 也可以跟 so 連用，形成相關字組 as ... so：

o3. As you sow, so shall you reap.
（種瓜得瓜，種豆得豆。）

as 還可與其他字組合，構成片語連接詞：as / so far as、in so far / insofar as。請看例句：

o4. As / So far as I can see, he has done a good job.
（依我看，他幹得不錯。）

o5. We'll help you in so far / insofar as we can.
（我們會盡可能地幫助你。）

以下兩個片語連接詞也常用來引導表程度或範圍的副詞子句：to the degree that、to the extent that。請看例句：

o6. Actions are right <u>to the degree that they promote the greatest good for the greatest number.</u>

（能夠促進最大多數人之最大利益的行動就是對的行動。）

o7. Do you agree that the study of history has value only <u>to the extent that it is relevant to our daily lives?</u>

（你同不同意只有在能與我們的日常生活產生關聯性的狀況下學習歷史才有價值？）

G. 表狀態的副詞子句

從屬連接詞 as 除了用來引導表程度與範圍的子句之外，也可用來引導表狀態的子句，例如：

p1. Do in Rome <u>as the Romans do.</u>

（入境隨俗。）

p2. You'd better do <u>as I say.</u>

（你最好照我的話做。）

在一般情況下，用 as 引導的狀態子句較少置於句首，但是若該子句具修飾全句的意涵時則可置於句首，甚至句中。試比較：

p3. He passed away last night, <u>as you may have already heard</u>.

（或許你已經聽說了，他昨天晚上過世。）

p3'. <u>As you may have already heard</u>, he passed away last night.

p3". He, <u>as you may have already heard</u>, passed away last night.

除了 as 本身之外，包含 as 的片語連接詞 as if 與 as though 也常用來引導表狀態的副詞子句。請看例句：

p4. It looks as if it's going to rain.

（看起來好像要下雨了。）

p5. He acts as though he knows everything.

（他表現得好像什麼都知道的似的。）

基本上 as if 與 as though 在意思上和用法上並無差異。除了像上面兩個句子中使用一般動詞外，事實上在 as if 和 as though 子句中也可使用假設語氣的動詞，例如：

p6. They treat her as if she <u>were</u> a goddess.

（他們對待她彷彿她是個女神似的。）

p7. You look as though you <u>had</u> just <u>seen</u> a ghost.

（你看起來像是剛見到鬼似的。）

H. 表目的的副詞子句

表目的之副詞子句多用片語連接詞 so that 或 in order that 來引導。請看例句：

q1. He is saving money <u>so that he may buy a house</u>.
（他正在存錢以便可以買一棟房子。）

q2. She studied really hard <u>in order that she could get into a good university</u>.
（為了能夠進一所好大學，她非常用功念書。）

表目的的副詞子句多置於句尾，但有時為了強調移至句首，例如 q2. 句就可改成：

q2'. <u>In order that she could get into a good university</u>, she studied really hard.

另外，注意 so that 和 in order that 的 so 和 in order 有時可以省略不用：

q1'. He is saving money <u>that</u> he may buy a house.

q2". She studied really hard <u>that</u> she could get into a good university.

事實上，以上句子中的 so that 和 in order that 所引導的是所謂的「肯定」目的子句；連接詞 lest 和片語連接詞 for fear that 則用來引導「否定」目的子句。請看例句：

q3. He walked fast <u>lest</u> he (should) be late for school.
（他走得很快以免上學遲到。）

q4. They issued the statement in writing <u>for fear that</u> a spoken message might be misunderstood.
（怕口頭訊息可能會被誤解，他們用書面發表了那項聲明。）

與 q2'. 相同，由 for fear that 所引導的子句也可置前：

q4'. <u>For fear that a spoken message might be misunderstood</u>, they issued the statement in writing.

I. 表結果的副詞子句

英文中表結果的子句指的是由相關字組 so ... that 和 such ... that 所形成之句構中連接詞 that 所引導的子句。請看例句：

r1. She is <u>so</u> likable <u>that</u> everybody wants to make friends with her.
（她如此可人，所以每個人都想跟她做朋友。）

r2. She is <u>such</u> a likable person <u>that</u> everybody wants to make friends with her.

（她是個如此可人的人，所以每個人都想跟她做朋友。）

注意，由於 so 為副詞，故其後應接形容詞或副詞；而因為 such 為形容詞，所以後面必須要有名詞：

r3. He ran so <u>fast</u> that nobody could catch up with him.

（他跑得那麼快，以致沒有人可以追得上他。）

r4. He was such <u>a</u> (fast) <u>runner</u> that nobody could catch up with him.

（他是那麼樣的一個〔快速的〕跑者，以致沒有人可以追得上他。）

r3. 句中的 fast 為副詞，r4. 句中的形容詞 fast 則可不用。有趣的是，若將 r4. 句的 fast 移至冠詞 a 之前，則 such 必須換成 so：

r5. He was so <u>fast</u> a runner that nobody could catch up with him.

（他是那麼快速的跑者，以致沒有人可以追得上他。）

另外，若將 r5. 句中的 so fast 移至句首來強調，則主詞與動詞必須倒裝：

r6. So fast (a runner) <u>was he</u> that nobody could catch up with him.

（他是那麼地快速〔的跑者〕，以致沒有人可以追得上他。）

J. 表比較的副詞子句

　　表比較之副詞子句指的是同等比較中由連接詞 as 所引導的子句及優、劣等比較中由連接詞 than 所引導的子句。例如：

s1. She ate as much <u>as you did</u>.

（她吃的跟你一樣地多。）

s2. He comes more frequently <u>than I do</u>.

（他比我更常來。）

s1. 句中的 as you did 用來修飾前面的副詞 as，s2. 句的 than I do 則用來修飾副詞 more。

　　注意，口語中常將 s1. 與 s2. 說成：

s3. She ate as much <u>as you</u>.

s4. He comes more frequently <u>than me</u>.

但如此一來，you 之前的 as 和 me 之前的 than 就必須視為介系詞而非連接詞了，因為它們已經不是用來引導子句，而是接受

詞。不過這種情況並不會發生在不同時態或不同動詞相比較的情況下，例如：

s5. He <u>doesn't work</u> as hard as he <u>used to</u>.

（他工作沒有以前那麼努力。）

s6. They <u>arrived</u> a lot earlier than I <u>had asked</u> them to.

（他們到達的時間比我之前要求他們的要早許多。）

③ 副詞子句之減化

英文副詞子句的減化基本上是基於修辭上的考量，即把句子中重複或不具意義的字刪除，讓句子變得較簡潔有力。可進行減化的副詞子句原則上必須包含與主要子句之主詞在指稱上相同的主詞。一旦把這相同的主詞省略，動詞部分也須做調整，而較常見的方式是把動詞改成分詞或不定詞的形式。另一種減化的方式是，除了將相同的主詞省略之外，也將該子句中作為主要動詞的be動詞一併省略。請看以下的分析說明。

A. 使用分詞的減化

最普遍的副詞子句之減化是採分詞形式，例如：

t1. <u>After she had done the laundry</u>, Mary started to cook.

（表時間）

（在瑪麗把衣服洗完之後，她便開始煮飯。）

t2. Improvements should be made <u>wherever they are needed</u>. （表地方）

（只要是有需要之處，就應該予以改善。）

t3. <u>Since it was approved by the board of directors</u>, the measure will be carried out. （表原因）

（因為這項措施是董事會通過的，所以將會被執行。）

t4. <u>If he is running into difficulties</u>, he will definitely give up. （表條件）

（如果他遭遇困難，一定會放棄。）

t5. <u>Although she was working full-time</u>, she still managed to finish her studies. （表讓步）

（雖然她做的是全職工作，但是還是有辦法完成學業。）

t6. Everything went <u>as it was planned</u>. （表狀態）

（一切都依照計畫進行。）

以上這幾個句子可減化成：

t1'. <u>After having done the laundry</u>, Mary started to cook.

t2'. Improvements should be made <u>wherever needed</u>.

t3'. <u>Since approved by the board of directors</u>, the measure will be carried out.

t4'. <u>If running into difficulties</u>, he will definitely give up.

t5'. <u>Although working full-time</u>, she still managed to finish her studies.

t6'.　Everything went <u>as planned</u>.

　　事實上，如果句意夠清楚，有些句子還可以將連接詞也省去，讓句子更簡短，例如 t1'.、t3'.、t4'.、t5'. 句可變成：

t1".　<u>Having done the laundry</u>, Mary started to cook.

t3".　<u>Approved by the board of directors</u>, the measure will be carried out.

t4".　<u>Running into difficulties</u>, he will definitely give up.

t5".　<u>Working full-time</u>, she still managed to finish her studies.

t1".、t3".、t4".、t5". 句中劃底線的部分即所謂的分詞構句。

B. 使用不定詞的減化

有些副詞的減化必須採用不定詞的形式，例如：

u1.　He sat in the front row <u>in order that he could hear every word of the lecture</u>.（表目的）

（為了能夠聽到授課內容的每一個字，因此他坐在第一排。）

u2.　She was <u>so</u> nice <u>that she covered for me last night</u>.（表結果）

（她人非常好，昨天晚上幫我代班。）

可減化成：

u1'. He sat in the front row (in order) to hear every word of the lecture.

u2'. She was so nice as to cover for me last night.

注意，u1'. 句中的不定詞部分可移前：

u1". (In order) to hear every word of the lecture, he sat in the front row.

C. 主詞與 be 動詞（主要動詞）一併省略的減化

有些包含 be 動詞作為主要動詞的副詞子句在減化時須將 be 動詞與主詞一併省略，例如：

v1. When he was in college, he played drums in a rock band.（表時間）

（他在念大學的時候，曾在一個搖滾樂團擔任鼓手。）

v2. Add commas wherever they are necessary.（表地方）

（只要是有需要的地方，就必須加逗號。）

v3. If it is a success, the negotiation could lead to a peaceful settlement.（表條件）

（如果能成功，此次談判有可能促使和平解決爭端。）

v4. Although he is only a child, he talks like an adult. （表讓步）

（雖然他只是個小孩，但是講起話來像個大人。）

v5. She walked out of the office as though she was very angry. （表狀態）

（她走出辦公室，好像很生氣的樣子。）

可減化成：

v1'. When in college, he played drums in a rock band.

v2'. Add commas wherever necessary.

v3'. If a success, the negotiation could lead to a peaceful settlement.

v4'. Although only a child, he talks like an adult.

v5'. She walked out of the office as though very angry.

註解

1 注意，除了 not 之外，時間子句 until the baby fell asleep 也被移前。

2 但一般認為，as 較為口語化，since 則較正式。

3 在本系列文法書中，我們將條件子句與假設子句分開處理（詳見本系列「動詞篇」之第 5 章「條件式與假設語氣」），但作為副詞子句的功能二者是相同的。

4 注意，若 if not 連在一起使用則為一種省略式，例如在

You must follow the rules; <u>if not</u>, you'll be punished.
(你必須遵守規則；否則的話，你會被處罰。)

這個句子中，if not 指 if you do not follow the rules。

5 provided / providing that ... 可視為分詞片語形式的慣用語。

6 但是 though 較為口語化，although 較正式。

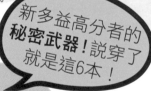

國家圖書館出版品預行編目資料

王復國理解式文法. 形容詞與副詞篇／王復國著. -- 初版.
-- 臺北市：貝塔出版：智勝文化發行, 2010. 08
面： 公分

ISBN: 978-957-729-799-0（平裝）

1. 英語 2. 形容詞 3. 副詞

805.164 99012306

王復國理解式文法—形容詞與副詞篇
Understanding English Grammar - Adjectives & Adverbs

作　　者／王復國
執行編輯／朱曉瑩

出　　版／波斯納出版有限公司
地　　址／100 台北市館前路 26 號 6 樓
電　　話／(02) 2314-2525
傳　　真／(02) 2312-3535
客服專線／(02) 2314-3535
客服信箱／btservice@betamedia.com.tw
郵　　撥／19493777 波斯納出版有限公司

總經銷／時報文化出版企業股份有限公司
地　　址／桃園市龜山區萬壽路二段 351 號
電　　話／(02) 2306-6842

出版日期／2018 年 11 月初版二刷
定　　價／280 元
I S B N／978-957-729-799-0

貝塔網址：www.betamedia.com.tw

喚醒你的英文語感！

對折後釘好，直接寄回即可！

100 台北市中正區館前路26號6樓

 貝塔語言出版 收
Beta Multimedia Publishing

寄件者住址 □ □ □

謝謝您購買本書！！

貝塔語言擁有最優良之英文學習書籍，為提供您最佳的英語學習資訊，您可填妥此表後寄回（免貼郵票）將可不定期收到本公司最新發行書訊及活動訊息！

姓名：＿＿＿＿＿＿＿＿＿＿＿　性別：□男 □女　生日：＿＿＿年＿＿＿月＿＿＿日

電話：(公)＿＿＿＿＿＿＿＿＿＿(宅)＿＿＿＿＿＿＿＿＿＿(手機)＿＿＿＿＿＿＿＿＿

電子信箱：＿＿＿＿＿＿＿＿＿＿＿＿＿＿＿＿＿＿＿＿＿＿＿＿＿＿

學歷：□高中職含以下 □專科 □大學 □研究所含以上

職業：□金融 □服務 □傳播 □製造 □資訊 □軍公教 □出版

　　　□自由 □教育 □學生 □其他

職級：□企業負責人 □高階主管 □中階主管 □職員 □專業人士

1. 您購買的書籍是？＿＿＿＿＿＿＿＿＿＿＿＿＿＿＿＿＿＿＿

2. 您從何處得知本產品？(可複選)

　　　□書店 □網路 □書展 □校園活動 □廣告信函 □他人推薦 □新聞報導 □其他

3. 您覺得本產品價格：

　　　□偏高 □合理 □偏低

4. 請問目前您每週花了多少時間學英語？

　　　□ 不到十分鐘 □ 十分鐘以上，但不到半小時 □ 半小時以上，但不到一小時

　　　□ 一小時以上，但不到兩小時 □ 兩個小時以上 □ 不一定

5. 通常在選擇語言學習書時，哪些因素是您會考慮的？

　　　□ 封面 □ 內容、實用性 □ 品牌 □ 媒體、朋友推薦 □ 價格□ 其他＿＿＿＿

6. 市面上您最需要的語言書種類為？

　　　□ 聽力 □ 閱讀 □ 文法 □ 口說 □ 寫作 □ 其他＿＿＿＿＿＿

7. 通常您會透過何種方式選購語言學習書籍？

　　　□ 書店門市 □ 網路書店 □ 郵購 □ 直接找出版社 □ 學校或公司團購

　　　□ 其他＿＿＿＿＿＿＿

8. 給我們的建議：＿＿＿＿＿＿＿＿＿＿＿＿＿＿＿＿＿＿＿＿＿＿＿

＿＿＿＿＿＿＿＿＿＿＿＿＿＿＿＿＿＿＿＿＿＿＿＿＿＿＿＿＿＿＿

喚醒你的英文語感！

Get a Feel for English !

喚醒你的英文語感！

Get a Feel for English !